たったひとつの君との約束
～好きな人には、好きな人がいて～

みずのまい・作
U35（うみこ）・絵

JN178982

集英社みらい文庫

ひかりの口《くち》から初《はじ》めて聞《き》いた。
「初恋《はつこい》」って言葉《ことば》。
なんで、こんなにどきどきするの？
親友《しんゆう》の男《おとこ》の子《こ》の初恋《はつこい》を、ひかりは応援《おうえん》してあげたいんだって。
私《わたし》にも協力《きょうりょく》してほしいって。
ねえ、ひかり。
そろそろ、私《わたし》の初恋《はつこい》にも気《き》づいて……。

目《もく》次《じ》&人《じん》物《ぶつ》紹《しょう》介《かい》

明《あか》るくてまっすぐな性格《せいかく》。
サッカーが大好《だいす》き。

大木《おおき》ひかり

前田未来《まえだみらい》

小《しょう》5のときに病院《びょういん》でひかりと出会《であ》う。6年生《ねんせい》になり、再会《さいかい》。持病《じびょう》がある。

鈴原静香《すずはらしずか》

明《あか》るく元気《げんき》な
未来《みらい》の親友《しんゆう》。
龍斗《りゅうと》のことが好《す》き。

クラスメイト。
未来《みらい》に告白《こくはく》した
ことがある。

藤岡龍斗《ふじおかりゅうと》

二谷官九郎《にたにかんくろう》

ひかりの親友《しんゆう》。
脚本家志望《きゃくほんかしぼう》。
静香《しずか》を気《き》に入《い》っている。

あらすじ

ひかりとは、5年生《ねんせい》のとき病院《びょういん》で出会《であ》った。
一年後《ねんご》に会《あ》おうって約束《やくそく》をして――
6年生《ねんせい》の夏《なつ》、キセキ的《てき》に再会《さいかい》した。

ひかりとは学校《がっこう》がちがう。
めったに会《あ》えないから、
連絡方法《れんらくほうほう》は、手紙《てがみ》や電話《でんわ》が中心《ちゅうしん》。

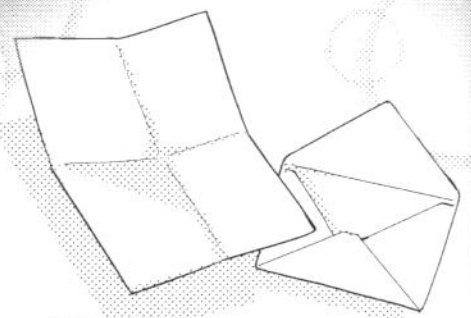

ある日《ひ》、
「とある目的《もくてき》」をもったひかりが
みらいの家《いえ》にくることになって…？

2人《ふたり》っきりなことを
意識《いしき》してしまうみらいだけど…？
（続《つづ》きは本文《ほんぶん》を楽《たの》しんでね♡）

1章《しょう》

君《きみ》との再会《さいかい》、そして……。

昼間《ひるま》のホテルは静《しず》かだった。

私《わたし》、前田未来《まえだみらい》は、今《いま》、日光《にっこう》に来《き》ている。

6年生《ねんせい》の修学旅行《しゅうがくりょこう》で、今日《きょう》は二日目《ふつかめ》。

午前中《ごぜんちゅう》、戦場ヶ原《せんじょうがはら》でトレッキングだったんだけど、途中雨《とちゅうあめ》にふられて、大変《たいへん》だった。

私《わたし》は膠原病《こうげんびょう》っていう持病《じびょう》もあったせいで熱《ねつ》をだしてしまい、午後《ごご》はホテルで寝《ね》ることになっちゃった。

ほかの子《こ》たちは、今《いま》ごろ、博物館《はくぶつかん》を見学《けんがく》している。

みんなが楽《たの》しく見学《けんがく》しているときに、熱《ねつ》をだしてホテルで寝《ね》ている！

ふつうに考《かんが》えれば、とても寂《さび》しいんだけど、そんなことはちっともない。

むしろ、体《からだ》の奥《おく》では、楽《たの》しい音楽《おんがく》が流《なが》れ、気持《きも》ちがはずんでいる。

だって……。

「うわあ。大失敗《だいしっぱい》だわ。なんで、日光《にっこう》まできて、昼間《ひるま》のホテルでお布団《ふとん》しいてごろごろしてなきゃいけないの〜」

となりで寝《ね》ている静香《しずか》が不満《ふまん》をぶーぶーと言《い》いだした。

「今《いま》、安静《あんせい》にしていれば、明日《あした》はみんなと同《おな》じ行動《こうどう》ができるから。雨《あめ》が不運《ふうん》だったね」

修学旅行《しゅうがくりょこう》に同行《どうこう》してくれている看護師《かんごし》のうららさんが笑《わら》いながら、タオルをしぼった。

私《わたし》は、1人《ひとり》ぼっちで寝《ね》ているわけじゃない。

親友《しんゆう》の静香《しずか》も雨《あめ》のなか、熱《ねつ》をだしたんだ。

担任《たんにん》の若林先生《わかばやしせんせい》やうららさんは、私《わたし》と静香《しずか》が熱《ねつ》をだしたのは、雨《あめ》や、持病《じびょう》のせいだって思《おも》っている。

でも、本当《ほんとう》は、ちがう。私《わたし》と静香《しずか》しか知《し》らないヒミツの理由《りゆう》がある。

じつは、昨日《きのう》の夜《よる》。

この部屋《へや》を抜《ぬ》けだして、階段《かいだん》の踊《おど》り場《ば》で、2人《ふたり》だけで、すごくディープな話《はなし》をした。

旅行《りょこう》って、いつもとちがう場所《ばしょ》って、不思議《ふしぎ》な力《ちから》があるみたい。

静香《しずか》が、胸《むね》に秘《ひ》めていた初恋話《はつこいばなし》を打《う》ち明《あ》けてくれたんだ。

踊《おど》り場《ば》は寒《さむ》かったけど、話《はなし》が盛《も》りあがって、長《なが》い間《あいだ》そこにいて、私《わたし》たちは風邪《かぜ》をひいた。

今《いま》まで、持病《じびょう》で学校《がっこう》を休《やす》む時《とき》はたくさんあった。

そのたびに、今《いま》ごろ、みんなはなにしているんだろう、どんどんまわりからおくれていきそうって、あせったり、不安《ふあん》になったり、暗《くら》いことしか思《おも》わなかった。

けど、静香《しずか》がとなりにいるとぜんぜんちがう！

「そうだ、未来《みらい》、夕飯《ゆうはん》のメニュー知《し》ってる？」

「静香《しずか》ったら。さっきお昼《ひる》食《た》べたばっかりだよ」

「だって、今日《きょう》はほかに楽《たの》しみないじゃん」

私《わたし》とうららさんは笑《わら》った。静香《しずか》はどこに行《い》っても静香《しずか》だよ。

それに、気持《きも》ちがはずんでいる理由《りゆう》は、もう一《ひと》つある。

私《わたし》には好《す》きな人《ひと》がいる。

名前《なまえ》は大木《おおき》ひかり。

同《おな》い年《どし》で、ファイターズっていうサッカーチームのキャプテン。

明《あか》るくて前《まえ》むきで、元気《げんき》でやさしくて友《とも》だち想《おも》い。

できれば毎日《まいにち》、顔《かお》を見《み》たい。おしゃべりをしたい。

けど、できない。

なぜかというと、学校《がっこう》がちがうし、住《す》んでいるところもはなれているから。

だから、私《わたし》は、ひかりと自分《じぶん》の関係《かんけい》を遠距離片思《えんきょりかたおも》いって名《な》づけている。

私《わたし》たちのせめてもの交流《こうりゅう》は文通《ぶんつう》。

時々《ときどき》、電話《でんわ》もするんだけど、家族《かぞく》が受話器《じゅわき》をとる可能性《かのうせい》もあるから、難《むずか》しい。

それに、顔《かお》を合《あ》わせるより、手紙《てがみ》のほうがわかり合《あ》える瞬間《しゅんかん》もある。

というわけで、私《わたし》にとって、ひかりとの手紙《てがみ》のやりとりはすごく大切《たいせつ》なもの。

それがないと、もう生《い》きていけないってぐらいに。

なのに、ひかりがとつぜん、もう、手紙《てがみ》は書《か》けないって電話《でんわ》で言《い》いだした。

理由《りゆう》は、うちの学校《がっこう》の学習発表会《がくしゅうはっぴょうかい》に来《き》てくれたときに、私《わたし》のお母《かあ》さんに会《あ》っちゃったから。

ひかりからすると、急《きゅう》に、はずかしくなったみたいで。

私《わたし》はショックを受《う》けたまま、修学旅行《しゅうがくりょこう》で、この日光《にっこう》に来《き》てしまった。

もう、ひかりに手紙《てがみ》をもらえない、ひょっとしたら一生会《いっしょうあ》えないかも、これは修学旅行《しゅうがくりょこう》じゃなくて、傷心旅行《しょうしんりょこう》なのかもしれないって、思《おも》っていた。

ところが、すごい奇跡《きせき》が起《お》きた。

ひかりの学校《がっこう》も修学旅行《しゅうがくりょこう》で、日光《にっこう》に来《き》ていて、同《おな》じホテルだったの！

そして、午前中《ごぜんちゅう》の戦場ヶ原《せんじょうがはら》、ひかりの学校《がっこう》もトレッキングをしていた。

雨《あめ》のせいで、ひかりの班《はん》と私《わたし》の班《はん》はトラブルが起《お》きて、先生同士《せんせいどうし》の話《はな》し合《あ》いで、私《わたし》、静《しず》香《か》、ひかり、二谷君《にたにくん》の４人《にん》で、おくれてのんびり歩《ある》くことになった。

遠距離片思《えんきょりかたおも》いなんて、悲《かな》しいことばかりだけど、こんなすてきなハプニングもあるなんて。

ひかりは、手紙《てがみ》をまた書《か》くって、言《い》ってくれた。

しかも、私《わたし》のことを友《とも》だちとして、信頼《しんらい》してくれているとも。

私《わたし》は、友《とも》だちかって、一瞬《いっしゅん》、寂《さび》しかった。

でも、友《とも》だちとして信頼《しんらい》してくれているっていうのも、悪《わる》くはない、うれしい。

けど、やっぱり、いつかは、女《おんな》の子《こ》として「未来《みらい》、好《す》きだ」って言《い》われてみたい。

それって、ずうずうしいのかな。

でも、男《おとこ》の子《こ》を好《す》きになったら、そう夢見《ゆめみ》るのがふつうなんじゃないかな。

「未来《みらい》ちゃん、発熱《はつねつ》して、関節《かんせつ》が痛《いた》いんじゃないかって心配《しんぱい》していたんだけど、さっきからニコニコして楽《たの》しそうだね」

うららさんが聞《き》いてきた。

「え、え、そんな、ニコニコなんて」

急《きゅう》に顔《かお》が熱《あつ》くなる。

「うららさん、未来《みらい》は、ちょっといいことあったんです。だから、にやけたり、赤《あか》くなったりしているだけです」

静香《しずか》が、わざと評論家気取《ひょうろんかきど》りでしゃべる。

「そ、そんなことないよ」

私《わたし》があわてると、うららさんは「あはは、かわいい。いいなあ、女子小学生《じょししょうがくせい》。現役《げんえき》リア充《じゅう》なんだね」と笑《わら》いおわったあとに、ためいきをついた。

あれ、なんだか寂《さび》しそう？

「うららさんって彼氏《かれし》とかいないんですか？　普段《ふだん》、病院《びょういん》で働《はたら》いているなら、お医者《いしゃ》さんとか？」

ちょっと、静香《しずか》！　そんなこと聞《き》いちゃっていいの？

「私《わたし》、ぜんぜん、縁《えん》がないの。働《はたら》いている病院《びょういん》のお医者《いしゃ》さんって、おじいちゃんか、女性《じょせい》だし」

うららさんが笑《わら》いながら答《こた》えてくれたのでほっとした。

でも、うららさんに彼氏《かれし》がいないって、ちょっとおどろいた。

だって、明《あか》るくて小柄《こがら》でかわいらしくて、すごくもてそうだから。

すると、静香《しずか》がさらにとんでもないことを言《い》いだした。

「じゃあ、うちらの担任《たんにん》、若林先生《わかばやしせんせい》とか、どうですか？　いい先生《せんせい》なのに、独身《どくしん》、彼女《かのじょ》なしなんですよ」

うわ、静香《しずか》ってばすごいこと言《い》ってる！　って、私《わたし》はひやひやしたんだけど……。

うららさんは、窓《まど》の外《そと》を見《み》ながら、しみじみと語《かた》りだした。

「私《わたし》、すごく存在感《そんざいかん》があるとか、個性的《こせいてき》な人《ひと》は疲《つか》れちゃってだめなんだ。若林先生《わかばやしせんせい》みたいに、ふつうでやさしくてまじめな人《ひと》って、いいなあ」

え……これってどういう意味《いみ》？

うららさんは、ずっとうちのクラスのバスに乗《の》っていて、つねに若林先生《わかばやしせんせい》のとなりにいるから、みんな、あやしいとか勝手《かって》にうわさしていて。

私《わたし》は、そういう無責任《むせきにん》な想像《そうぞう》はよくないって思《おも》っていた。

でも、そうじゃないってことかな？

「うららさん、気《き》がむいたら、いつでもうちらのクラスや学校《がっこう》に遊《あそ》びに来《き》てください。歓《かん》迎《げい》します」

「静香《しずか》ちゃん、ありがとう」

「いえいえ」

静香《しずか》は、にやりとこっちを見《み》た。

未来《みらい》、うちって気《き》がきくでしょって、顔《かお》だ。

「そういえば静香《しずか》ちゃん、戦場《せんじょう》ヶ《が》原《はら》で別《べつ》の学校《がっこう》の喘息《ぜんそく》持《も》ちの男《おとこ》の子《こ》とよく話《はな》してたよね？

学習発表会《がくしゅうはっぴょうかい》で脚本《きゃくほん》書《か》いたりするっていう二谷《にたに》……官九郎君《かんくろうくん》だっけ？　初対面《しょたいめん》なのに気《き》が合《あ》ったの？」

すると、静香《しずか》が飛《と》び起《お》きた。

「冗談《じょうだん》じゃありません！　あいつ、うちの顔見《かおみ》て、いきなりなんて言《い》ったか知《し》ってます？『どろ、にあうね』ですよ？　そりゃ、うちは雨《あめ》のなか、すっころんで、どろだらけだったけど、初《はじ》めて会《あ》って、いきなり、それって、すごくないですか？　見《み》かけも不気味《ぶきみ》じゃないですか？　うち、あいつの相手《あいて》をしたから熱《ねつ》が上《あ》がったんですよ」

静香《しずか》の剣幕《けんまく》にうららさんが「ごめんごめん、わかったから」と静香《しずか》をなだめていた。

たしかに、ひかりの親友《しんゆう》、二谷君《にたにくん》は、かなり個性《こせい》が強《つよ》くておどろかされた。

静香《しずか》が打《う》ち明《あ》けてくれた片思《かたおも》いの相手《あいて》、藤岡龍斗《ふじおかりゅうと》とは正反対《せいはんたい》って感《かん》じ。

別《べつ》に、二谷君《にたにくん》と龍斗《りゅうと》を比《くら》べてもしかたないけど。

私《わたし》は、そのとき、まだ、気《き》がついていなかった。

静香《しずか》が二谷君《にたにくん》に意外《いがい》な才能《さいのう》を見出《みいだ》され、大《おお》きくかわっていくことを。

それが私《わたし》を巻《ま》きこみ、ひかりに、ひどいことをしてしまうことも。

ひかりの学校《がっこう》は、今《いま》ごろ、帰《かえ》りのバスのなかだよね。
みんなで歌《うた》ったり、お菓子《かし》食《た》べたりしている？　それとも疲《つか》れて寝《ね》ちゃった？
手紙《てがみ》待《ま》っているからね。
絶対《ぜったい》、送《おく》ってね。

2章《しょう》　親友《しんゆう》の恋《こい》の行方《ゆくえ》

翌朝《よくあさ》は快晴《かいせい》だった。

今日《きょう》は修学旅行《しゅうがくりょこう》の三日目《みっかめ》。足尾銅山《あしおどうざん》を見学《けんがく》して、学校《がっこう》に帰《かえ》る。

私《わたし》も静香《しずか》もすっかり元気《げんき》になり、みんなといっしょにバスに乗《の》りこんだ。

私《わたし》たち5班《はん》は、私《わたし》、静香《しずか》、大人《おとな》っぽい風見紫苑《かざみしおん》さん、メガネの青山君《あおやまくん》、龍斗《りゅうと》の5人《にん》。

奇数《きすう》だから、どうしても、1人《ひとり》で座《すわ》る子《こ》がでてくる。

今《いま》までは、龍斗《りゅうと》がみんなに気《き》をつかって1人《ひとり》で座《すわ》っていたんだけど。

私《わたし》、班長《はんちょう》だし、旅行《りょこう》の最終日《さいしゅうび》だし、ちょっとかえないと。

なにより、静香《しずか》の親友《しんゆう》として、龍斗《りゅうと》のとなりに座《すわ》らせてあげたい。

風見《かざみ》さんと青山君《あおやまくん》は、気《き》が合《あ》っていつもいっしょに行動《こうどう》しているから、私《わたし》が1人《ひとり》で座《すわ》ってしまえば、自然《しぜん》にそうなるはず。よし！

「ねえ、今日《きょう》は1人《ひとり》で、ゆっくり座《すわ》っていい？　熱《ねつ》さがったばかりだし。弱《よわ》い班長《はんちょう》でごめんね」

そう言《い》って一番《いちばん》うしろにささっと座《すわ》ってしまった。

「未来《みらい》、具合悪《ぐあいわる》いの？」

静香《しずか》が心配《しんぱい》そうに聞《き》いてきた。

「いや、もう治《なお》ったんだけど、静香《しずか》がとなりだと、テンション高《たか》くなっちゃうから」

班《はん》のメンバー全員《ぜんいん》が不思議《ふしぎ》そうに私《わたし》を見《み》つめている。

うっ……。わ、わざとらしかったかな？

私《わたし》、こういうこと、苦手《にがて》すぎるよね。

けど、静香《しずか》がちらりとこっちを見《み》て「もしや」って顔《かお》をしてくれた。

静香《しずか》は私《わたし》の考《かんが》えに気《き》づいてくれたみたい。これで、うまくいく！

ところが、龍斗《りゅうと》が言《い》った。

「よし、わかった。未来《みらい》、1人《ひとり》でゆっくり、座《すわ》ってろよ。じゃあ、おれと青山《あおやま》。静香《しずか》と風見《かざみ》。男子同士《だんしどうし》、女子同士《じょしどうし》でならぶか」

「そうしよう」

「そうね」

青山君《あおやまくん》も風見《かざみ》さんも同意《どうい》する。

呆然《ぼうぜん》とした。え……。どうして、そうなっちゃうの？

結局《けっきょく》、龍斗《りゅうと》と青山君《あおやまくん》がとなり同士《どうし》で、そのうしろに風見《かざみ》さんと静香《しずか》が、そのうしろに私《わたし》となる。

静香《しずか》、座《すわ》る時《とき》、一瞬《いっしゅん》だったけど、横顔《よこがお》が悲《かな》しそうだった。

未来《みらい》、うち、龍斗《りゅうと》にさけられてない？　静香《しずか》の心《こころ》の声《こえ》が聞《き》こえた。

「ようし、足尾銅山《あしおどうざん》に出発《しゅっぱつ》する」

若林先生《わかばやしせんせい》の号令《ごうれい》でバスが動《うご》きだした。

どうしよう。余計《よけい》なことして、静香《しずか》を傷《きず》つけちゃったかもしれない。

気《き》になっていることがある。

私《わたし》は以前《いぜん》、龍斗《りゅうと》に告白《こくはく》された。もちろん、好《す》きな人《ひと》がいるって断《ことわ》った。

でも、静香《しずか》は、ぜんぶを知《し》っている。

静香《しずか》は、私《わたし》の知《し》らないところで、つらい思《おも》いをしていたはずだ。しかも、今《いま》まで、ひかりとのこと、遠距離片思《えんきょりかたおも》いのつらさをさんざん、静香《しずか》に聞《き》いてもらっていた。

だから、今度《こんど》は自分《じぶん》が、静香《しずか》の恋《こい》にちょっとでも協力《きょうりょく》をしたかったんだけど、これじゃ、静香《しずか》をおちこませているだけじゃない。

目《め》の前《まえ》にある座席《ざせき》の背中《せなか》。

このむこうで、静香《しずか》が泣《な》いていたら、どうしよう。

ひかり、私《わたし》って、どうしてこう、不器用《ぶきよう》なの？

ところが……。

「ええ〜本当《ほんとう》〜？　足尾銅山《あしおどうざん》ってそんななんだ」

静香《しずか》の明《あか》るい声《こえ》が聞《き》こえ、座席《ざせき》の上《うえ》からひょいと顔《かお》をのぞかせてきた。

「未来《みらい》、風見《かざみ》さんから聞《き》いたんだけど、足尾銅山《あしおどうざん》って、まっくらで、ろう人形《にんぎょう》があって、こわいんだって！」

「ママのピアノ教室《きょうしつ》の生徒《せいと》さんから聞《き》いたの。足尾《あしお》の歴史《れきし》、そのものが重《おも》いから、そういう作《つく》りになっちゃうんだろうね」

風見《かざみ》さんの声《こえ》だけが聞《き》こえてきた。

静香《しずか》は、すぐに、顔《かお》をひっこめ、また、風見《かざみ》さんとキャッキャッと話《はな》していた。

よかった、静香《しずか》、元気《げんき》だ。おちこんでない。

でも、わざと明《あか》るくしてくれているのかもしれない。


バスは、ようこそ足尾銅山観光《あしおどうざんかんこう》へ！　とかかれてあるゲートを抜《ぬ》けると、駐車場《ちゅうしゃじょう》に止《と》まった。

江戸時代《えどじだい》から採掘《さいくつ》がはじまった銅山《どうざん》だけど、昭和《しょうわ》に閉山《へいざん》され今《いま》は観光《かんこう》スポットになっているらしい。

おりると、山間《やまあい》にある静《しず》かな田舎町《いなかまち》といったふうで、受付《うけつけ》を通《とお》ると黄色《きいろ》いトロッコ列車《れっしゃ》が止《と》まっていた。

実際《じっさい》に銅《どう》が掘《ほ》られていた場所《ばしょ》までこれに乗《の》って行《い》くんだ。

「すげえ、窓《まど》のない電車《でんしゃ》だ！」

「おもしろそう！」

みんな、大騒《おおさわ》ぎで乗《の》りこむと、係《かかり》のおじさんが「出発《しゅっぱつ》！」と声《こえ》をだし、いきおいよく発《はっ》車《しゃ》した。

ガタガタと音《おと》をたてながら、山間《やまあい》をどんどん進《すす》んでいく。緑《みどり》の景色《けしき》が流《なが》れていき、かぜがビュンビュンと気持《きも》ちいい。

「いっしょに行《い》った遊園地《ゆうえんち》思《おも》いだすね」

となりの静香《しずか》がはしゃいだ声《こえ》をだしたとき。

静香《しずか》のポケットがふくらみ、マスコットの片耳《かたみみ》がでていることに気《き》づいた。

それは、静香《しずか》といっしょに行《い》った遊園地《ゆうえんち》のキャラクター、わんぱ君《くん》のマスコットだった。

私《わたし》、静香《しずか》、ひかり、龍斗《りゅうと》の4人《にん》で行《い》って、アトラクションのなぞ解《と》きゲームで静香《しずか》と龍《りゅう》斗《と》のコンビは正解《せいかい》して、そのときの景品《けいひん》。

景品《けいひん》は1人《ひとり》にしかくれず、龍斗《りゅうと》が静香《しずか》にプレゼントする形《かたち》になった。

だから、静香《しずか》は、龍斗《りゅうと》との思《おも》い出《で》のものとして、いつも持《も》ち歩《ある》いている。

そのことをおとといの夜《よる》、話《はな》してくれたんだ。

すると、ガタンと音《おと》がして機関車《きかんしゃ》が切《き》り離《はな》された。

残《のこ》りの私《わたし》たちが座《すわ》っている客車《きゃくしゃ》だけでトンネルにはいっていく。

まっくらだ、こわい！

と、思《おも》ったら、進《すす》んでいくうちに、少《すこ》し明《あか》るくなり、また、ガタンと音《おと》を立《た》てて止《と》まった。

若林先生《わかばやしせんせい》が1人先《ひとりさき》におり、私《わたし》たちにむかって大《おお》きな声《こえ》をだす。

「ここからが坑道《こうどう》だ。おりて歩《ある》くけど、あんまり騒《さわ》ぐな。いいか、銅《どう》を掘《ほ》るっていうのは大変《たいへん》な作業《さぎょう》だ。江戸時代《えどじだい》はトロッコもなかったから、鉱員《こういん》たちは、歩《ある》いてここまで来《き》て、そのあと重労働《じゅうろうどう》だ。どれだけきつい仕事《しごと》か……」

先生《せんせい》がここからが大切《たいせつ》とばかりに心《こころ》をこめて熱《あつ》く語《かた》りだしたんだけど、「すげー」「地下《ちか》だぜ」とみんな大騒《おおさわ》ぎで、さっさと坑道《こうどう》を歩《ある》きだしてしまった。

「まったくうう〜」

先生《せんせい》が、プルプルと体《からだ》をふるわせていると、うららさんが「みんな元気《げんき》なんですよ」と愛《あい》らしい笑顔《えがお》でなぐさめている。

うわさに影響《えいきょう》されたわけじゃないけど、たしかに、恋人同士《こいびとどうし》みたいで、見《み》ていたらドキドキしてきたんだけど……！

「未来《みらい》、じゃましないで、さっさと行《い》こう」

静香《しずか》にひっぱられて、坑道《こうどう》を歩《ある》きだした。

坑道《こうどう》って言葉《ことば》になじみがなくてどんな道《みち》かと思《おも》っていたんだけど、天井《てんじょう》が低《ひく》く狭《せま》くて長《なが》いトンネルとしか言《い》いようがない。

外《そと》よりぐっと気温《きおん》は低《ひく》いし、水《みず》はしたたり落《お》ちてくるし、薄暗《うすぐら》いし、いかにも穴倉《あなぐら》ってムードで、1人《ひとり》じゃ絶対《ぜったい》に歩《ある》けない。

「でたー！　こええ！」

「未来《みらい》、こわい！」

となりの静香《しずか》が男子《だんし》の叫《さけ》び声《ごえ》にうでをくんできて、びくりとする。

でたって言《い》うのは、江戸時代《えどじだい》の鉱員《こういん》をあらわしたろう人形《にんぎょう》だった。

手《て》ぬぐいで頬《ほお》かむりをし、着物《きもの》をめくってむきだしになった両足《りょうあし》には、わらじをはいている。

地面《じめん》におしりをつけ、石刀《せっとう》っていうマイナスドライバーみたいな道具《どうぐ》を使《つか》い、目《め》の前《まえ》の岩壁《がんぺき》を掘《ほ》っていた。

見《み》るからに、きつそう。

先生《せんせい》が重労働《じゅうろうどう》って、言《い》ってたのはこういうことなのかも。

少《すこ》し歩《ある》くと、次《つぎ》に、明治《めいじ》・大正時代《たいしょうじだい》の鉱員《こういん》のろう人形《にんぎょう》が現《あらわ》れ、削岩機《さくがんき》っていうドリルみたいな機械《きかい》をつかっていた。

作業《さぎょう》が少《すこ》し楽《らく》になったようにも見《み》える。

でも、掘《ほ》った岩《いわ》や水《みず》をモンペ姿《すがた》で運《はこ》ぶ人《ひと》のろう人形《にんぎょう》を見《み》ると、やっぱり、大変《たいへん》そう。

また歩《ある》いていくと今度《こんど》は、昭和《しょうわ》のろう人形《にんぎょう》がでてきた。

黄色《きいろ》いヘルメットや作業着姿《さぎょうぎすがた》が、自分《じぶん》たちでも想像《そうぞう》できる範囲《はんい》になってきた。

若林先生《わかばやしせんせい》と歩《ある》いていたうららさんがろう人形《にんぎょう》を見《み》ながらやわらかく語《かた》りだす。

「みんな、穴倉《あなぐら》でいっしょうけんめいに働《はたら》くから、体調《たいちょう》を崩《くず》す人《ひと》、たくさんいたんだって。そんなに必死《ひっし》になって掘《ほ》った銅《どう》なのに悲《かな》しいことがあってね。川《かわ》に銅《どう》の成分《せいぶん》が流《なが》れだして、その水《みず》を飲《の》んだり、魚《さかな》を食《た》べたりした人《ひと》たちがすごく苦《くる》しい病気《びょうき》になったんだよ。銅《どう》がたくさん採《と》れていいこともあったんだけど、病気《びょうき》になったり亡《な》くなったりした人《ひと》もたくさんいたってことは、覚《おぼ》えておこうね」

そのやわらかな口調《くちょう》が、みょうにもの悲《がな》しくて、みんなしんとしてしまった。

「そうだよ、おれは、そういう話《はなし》がしたかったんだよ。今《いま》のうららさんの話《はなし》、みんなちゃんと覚《おぼ》えておけよ」

若林先生《わかばやしせんせい》が熱《あつ》く話《はな》しだすと、「先生《せんせい》だと説得力《せっとくりょく》ねえよ」とみんな、どっと笑《わら》い、その声《こえ》が坑道内《こうどうない》を反響《はんきょう》していった。

坑道《こうどう》をでると、ひさびさに太陽《たいよう》の光《ひかり》を感《かん》じられ、体《からだ》をのばす。

あとはバスに乗《の》って、家《いえ》に帰《かえ》るだけ。

そして、家《いえ》に帰《かえ》れば、お母《かあ》さんとのあ、る、問題《もんだい》が待《ま》っている。

ぶんぶんと首《くび》をふった。そこはとりあえず置《お》いておこう。

今《いま》は、ひかりからの手紙《てがみ》を待《ま》っていよう。

私《わたし》たちより早《はや》く帰《かえ》ったんだから、今日《きょう》はふりかえ休日《きゅうじつ》でしょ？

今日中《きょうじゅう》に書《か》いて、ポストにいれて！

なんて、ちょっとせっかちなことを考《かんが》えてると……。

「未来《みらい》……」

うしろから心細《こころぼそ》そうな小《ちい》さな声《こえ》が聞《き》こえてきた。

ふりむくと、今《いま》にも泣《な》きだしそうな静香《しずか》がいた。

「どうしたの？」

「わんぱ君《くん》がない。落《お》としたかも」

「え！　だって、トロッコ列車《れっしゃ》では、あったよ。ポケットにはいっていた！」

「本当《ほんとう》？　じゃあ」

静香《しずか》が坑道《こうどう》の出口《でぐち》をふりかえる。

「あそこに落《お》としたんだ！　ろう人形《にんぎょう》こわいとか騒《さわ》いだから、バチがあたったんだ」

「それは関係《かんけい》ないと思《おも》うけど、もどれないかな？」

若林先生《わかばやしせんせい》のほうを見《み》た。先生《せんせい》は、小走《こばし》りでトイレに行《い》こうとしている。

ということは、まだ、時間《じかん》がある？

「静香《しずか》、私《わたし》、見《み》てきてあげる」

「みんな、駐車場《ちゅうしゃじょう》にもどろうとしているよ？　バスが出発《しゅっぱつ》しちゃうんじゃない？」

「大丈夫《だいじょうぶ》、まってて」

静香《しずか》が、わんぱ君《くん》を大切《たいせつ》にしている気持《きも》ちは痛《いた》いほど、わかる。

私《わたし》にも大切《たいせつ》にしているものがある。

ひかりと初《はじ》めて病院《びょういん》で出会《であ》った日《ひ》にもらった、名前《なまえ》でひくおみくじ。

未来《みらい》、想《おも》いが叶《かな》う名前《なまえ》。

そう書《か》かれてあって、病気《びょうき》や入院《にゅういん》でとげとげしていた気持《きも》ちが、あのおみくじでいっぺんに吹《ふ》き飛《と》んだ。

おみくじは、もうボロボロだけど、いまでもペンケースにいれてある。

私《わたし》は今《いま》まで、ひかりとのことを、遠距離片思《えんきょりかたおも》いの話《はなし》を、静香《しずか》にさんざん聞《き》いてもらった。

だから、わんぱ君《くん》をさがすぐらいのことはしたい。

走《はし》って、坑道《こうどう》にもどろうとしたんだけど……。

「未来《みらい》～！　もう出発《しゅっぱつ》だぞ。どこ、行《い》くんだよ」

龍斗《りゅうと》が静香《しずか》のそばに来《き》て、こっちにむかって声《こえ》をだす。

まずい、みつかっちゃった。どうしよう？

龍斗《りゅうと》のとなりにいる静香《しずか》もおろおろしている。

「そうだ、静香《しずか》。ひょっとして、これ、おまえの？」

龍斗《りゅうと》があるものをポケットからとりだした。

それは、わんぱ君《くん》のマスコットだった。

「う、うちのだよ！　え、どうして、あ……」

静香《しずか》はみつかったことに喜《よろこ》んでいた。

けど、急《きゅう》に、下《した》をむいてかたまってしまった。

だって、わんぱ君《くん》を修学旅行《しゅうがくりょこう》にまで持《も》ってきている、肌身離《はだみはな》さず持《も》っている、それが龍斗《りゅうと》にばれたってことは、静香《しずか》の想《おも》いも……。

「坑道《こうどう》に落《お》ちていた。6年生《ねんせい》にもなって、マスコットさがしてバスに乗《の》りおくれるとかやめておけよ」

龍斗《りゅうと》は笑《わら》いながら、静香《しずか》の手《て》にわんぱ君《くん》をのせ、バスのほうに行《い》ってしまった。

「み、未来《みらい》、うちの気持《きも》ち、気《き》づかれたかな」

「ど、どうだろうね。龍斗《りゅうと》からすれば、マスコットをずっと持《も》って歩《ある》いているなんて、静《しず》香《か》らしいなぐらいしか思《おも》わないかもしれないし」

「ええ、それもいやだあ！」

静香《しずか》はパニックになっていたけど、その姿《すがた》がかわいくもあった。

これは、私《わたし》の予想《よそう》でしかないんだけど……。

龍斗《りゅうと》は静香《しずか》の気持《きも》ちに気《き》づいたのかもしれない。

だって、いつもの龍斗《りゅうと》なら、「あのときの景品《けいひん》、ずいぶん大切《たいせつ》にしているんだなあ」とか、わんぱ君《くん》についての話《はなし》を自分《じぶん》からするんじゃないかな？

あえて、そこにふれずに、さっさと行《い》ってしまったのは、龍斗《りゅうと》なりの照《て》れかくしなんじゃない？

ひかり、同《おな》じ男《おとこ》の子《こ》としてどう思《おも》う？

そんな気《き》が……しない？

3章《しょう》 信《しん》じたくないこと

足尾銅山《あしおどうざん》を見学後《けんがくご》、バスは学校《がっこう》につき、三日間《みっかかん》の修学旅行《しゅうがくりょこう》が終《お》わった。

班長《はんちょう》として、「三日間《みっかかん》ありがとう」と5班《はん》の子《こ》たちに伝《つた》える。

「前田《まえだ》さんこそ、お疲《つか》れ様《さま》」

「班長引《はんちょうひ》き受《う》けてくれてありがとう。助《たす》かったよ」

風見《かざみ》さんと青山君《あおやまくん》が逆《ぎゃく》にあたたかい言葉《ことば》をかえしてくれた。

「未来《みらい》が体調悪《たいちょうわる》くなったら、静香《しずか》が班長《はんちょう》かわるはずだったのに。まさか、その静香《しずか》も熱《ねつ》だすっていうのがな」

「龍斗《りゅうと》、そこはもうふれないで」

龍斗《りゅうと》の冗談《じょうだん》に静香《しずか》が顔《かお》を真《ま》っ赤《か》にすると、みんなが笑《わら》った。

私《わたし》は笑《わら》いながらも別《べつ》のことを考《かんが》えていた。

とうとう、帰《かえ》ってきてしまった。

つまり、それは、お母《かあ》さんにあることを伝《つた》える時《とき》が来《き》たってことだ。

家《いえ》に帰《かえ》るって、ほのぼのすることなのに、試合《しあい》の直前《ちょくぜん》みたいな気持《きも》ちになっていく。

「未来《みらい》、いっしょに帰《かえ》ろう。あれ、顔《かお》がこわいよ？」

「そ、そう？」

静香《しずか》が不思議《ふしぎ》そうに首《くび》をかしげると、どこかで見《み》たことのある人《ひと》が校門《こうもん》の外《そと》でこっちに手《て》をふっていた。

「おかえり、静香《しずか》〜！」

「うわ！　やめて！　なにしにきたの？」

静香《しずか》のお父《とう》さんだった。

静香《しずか》のお父《とう》さんは、建築士《けんちくし》で、家《いえ》で仕事《しごと》をする時《とき》もある。

ほかのお父《とう》さんよりは、自分《じぶん》の都合《つごう》で動《うご》けるみたいで、なんだかんだと静香《しずか》のそばにいる。

静香《しずか》ははずかしがっているんだけど、お父《とう》さんがいない私《わたし》からするとうらやましい。

うんと小《ちい》さいころにバスの事故《じこ》で死《し》んじゃって、ずっと、お母《かあ》さんと2人《ふたり》ぐらし。

子供《こども》って、なんだかんだで、けっこう親《おや》からの影響《えいきょう》ってあるんじゃないかな？

静香《しずか》が無邪気《むじゃき》でだれにも好《す》かれるのは、やさしいお父《とう》さんに常《つね》に守《まも》られている安心感《あんしんかん》からきているようにも見《み》える。

私《わたし》は、5年生《ねんせい》のころ、病気《びょうき》のせいで一時期《いちじき》、気持《きも》ちがとげとげしかったんだけど、最近《さいきん》、思《おも》うことがある。

お父《とう》さんがいてもとげとげしくなったかな？

多少《たしょう》はなっただろうけど、あそこまで心《こころ》が砂漠《さばく》みたいには、ならなかったかも。

あ、でも……。

心《こころ》が砂漠《さばく》みたいになった時《とき》に、ひかりに出会《であ》えて、あのおみくじをもらって、はげまされて私《わたし》は本来《ほんらい》の自分《じぶん》を取《と》りもどせたんだっけ。

それを思《おも》いだすと静香《しずか》に対《たい》するうらやましさをぱっと消《け》すことができた。

ひかりって、すごい。

ここにいないのに、私《わたし》の気持《きも》ちをがらりとかえることができる。魔法使《まほうつか》いみたい！

だから、私《わたし》は、ひかりをどんどん好《す》きになっちゃうし、早《はや》く手紙《てがみ》が来《く》ることを祈《いの》っちゃうし。できれば……。

友《とも》だちを超《こ》えた仲《なか》になりたい！　と願《ねが》ってしまう。

「若林先生《わかばやしせんせい》、静香《しずか》が熱《ねつ》をだしたって連絡《れんらく》ありがとうございました。そちらは、ひょっとして看護師《かんごし》さんですか？　娘《むすめ》がお世話《せわ》になりました」

静香《しずか》のお父《とう》さんはぺこぺことあちこちに頭《あたま》をさげていた。

それを見《み》ている静香《しずか》は「お願《ねが》いだから、もうやめて」とおじさんのうでをひっぱり、みんなが笑《わら》った。

私《わたし》と静香《しずか》はうららさんに手《て》をふって、おじさんについていき、学校《がっこう》をあとにした。

おじさんや静香《しずか》と修学旅行《しゅうがくりょこう》の話《はなし》をし、別《わか》れると、自分《じぶん》の家《いえ》の前《まえ》についていってしまった。

とりあえず、いつもの約束《やくそく》ごとで、ポストをのぞく。

ひかりからの手紙《てがみ》はない。昨日《きのう》帰《かえ》ったばかりだもんね。

そして、玄関《げんかん》のドアにむきなおり、深呼吸《しんこきゅう》をして気持《きも》ちを落《お》ちつけた。

例《れい》のこと、お母《かあ》さんに話《はな》さないと……。

緊張《きんちょう》しながらドアノブに手《て》をかける。

あれ、しまっている？　チャイムを押《お》してもだれもでてこない。

お母《かあ》さん、仕事《しごと》から帰《かえ》ってきてないってこと？

私《わたし》、鍵《かぎ》、持《も》ってないよ。

どうしよう、帰《かえ》ってくるまで、どこにいればいいの？

ついさっきまでは、お母《かあ》さんに対決《たいけつ》を挑《いど》むような気持《きも》ちだったのに、急《きゅう》に心細《こころぼそ》くなってきた。

結局《けっきょく》、私《わたし》って、小学生《しょうがくせい》って、好《す》きな男《おとこ》の子《こ》ができても、親友《しんゆう》と夜中《よなか》にヒミツのおしゃべりをしても、お母《かあ》さんがいないとどうしようもならないんじゃない？

「未来《みらい》！　ごめん、ごめん」

ふりむくと、肩《かた》にバッグをかけながら、スーパーの袋《ふくろ》を持《も》ったお母《かあ》さんがいた。

「よかった！　どうしようかと思《おも》ったよ」

私《わたし》が胸《むね》をなでおろすと、お母《かあ》さんがほほに軽《かる》く手《て》を当《あ》ててきた。

「熱《ねつ》、ないね。雨《あめ》にふられて、静香《しずか》ちゃんとならんで寝《ね》てたって先生《せんせい》から電話《でんわ》あったから」

私《わたし》はお母《かあ》さんが帰《かえ》ってきてくれてほっとしたけど、お母《かあ》さんはもっとしているようだ。

ドアがあき、家《いえ》の中《なか》が見《み》えるとなぜか安心《あんしん》した。

修学旅行《しゅうがくりょこう》は楽《たの》しかった。

みんなとの夜《よる》も最高《さいこう》だった。

でも、一番《いちばん》、ほっとする場所《ばしょ》は、やっぱりお家《うち》で、そしてお母《かあ》さんがいるってことなんだ。


その日《ひ》の夕飯《ゆうはん》は、私《わたし》の好《す》きなレタスのしゃぶしゃぶだった。

お母《かあ》さんとは、修学旅行《しゅうがくりょこう》に行《い》くまえにけんかした。

その時《とき》も、同《おな》じメニューだった。

以前《いぜん》、ひかりがうちの学校《がっこう》の学習発表会《がくしゅうはっぴょうかい》を見《み》に来《き》てくれた時《とき》。

ひかり、私《わたし》、お母《かあ》さんと3人《にん》が偶然《ぐうぜん》に校庭《こうてい》で出《で》くわし、私《わたし》は、あわててひかりを紹介《しょうかい》した。

けど、お母《かあ》さんは、ぎこちなかった。

それは、私《わたし》が、「いつも手紙《てがみ》をくれる大木《おおき》ひかりって子《こ》は女の子《おんなのこ》」と、小《ちい》さなウソをついたせいだと思《おも》っていた。

でも、そういうことじゃなかったみたい。

お母《かあ》さんは何日《なんにち》も経《た》ったあと、レタスのしゃぶしゃぶを食《た》べながら、とつぜん、「大木《おおき》君《くん》のお父《とう》さんの名前《なまえ》、わかる？」なんて聞《き》いてきた。

そんなことは知《し》らないので答《こた》えられず、私《わたし》はお母《かあ》さんがひかりとの仲《なか》を遠《とお》まわしに聞《き》いてくるのみたいに思《おも》えてけんかになってしまった。

そして、昨日《きのう》、修学旅行《しゅうがくりょこう》でひかりと再会《さいかい》して、びっくりするようなことを聞《き》いた。

うちのお母《かあ》さんはアロマセラピストで、健康雑誌《けんこうざっし》のインタビューにでたことがある。

ひかりのお父《とう》さんがその雑誌《ざっし》を読《よ》んで、お母《かあ》さんがでているページを折《お》っていたというのだ。

ひかりは言《い》った。「未来《みらい》のお母《かあ》さんとおれの父《とう》さん、知《し》り合《あ》いなんじゃねえか？」って。

もし、そうだったら、はずかしい。

初恋《はつこい》の相手《あいて》のお父《とう》さんが自分《じぶん》のお母《かあ》さんと知《し》り合《あ》いって落《お》ちつかない。

けど、はずかしいをこえて、不安《ふあん》になっていることがある。

お母《かあ》さんは、私《わたし》になにか大切《たいせつ》なことをかくしているように思《おも》えて、しかも、それが
ひょっとしたら、ひかりとの仲《なか》を引《ひ》き裂《さ》いてくるような気《き》がして……こわい。

「ホテルのご飯《はん》はどうだった？」

お母《かあ》さんが私《わたし》のお皿《さら》にしゃぶしゃぶをよそってくれる。

「おいしかった。でも、お母《かあ》さんのごはんが、一番《いちばん》！」

「それは、それは。母《はは》として光栄《こうえい》です。ありがとう」

「お母《かあ》さん」

「なに？」

「私《わたし》、修学旅行先《しゅうがくりょこうさき》で、日光《にっこう》で、大木《おおき》ひかり君《くん》に会《あ》ったの」

おなべのむこうで今《いま》までニコニコしていたお母《かあ》さんの表情《ひょうじょう》が止《と》まった。

どうしてそんな表情《ひょうじょう》するの？　そんな深刻《しんこく》になること？

「なんで、ひかり君《くん》、日光《にっこう》にいたの？」

「だって、同《おな》じ学年《がくねん》だもん。ほかの学校《がっこう》だって、同《おな》じ時期《じき》に日光《にっこう》に行《い》くよ」

「そ、そっか。でも、名所《めいしょ》はたくさんあるんだから、そんなにどの学校《がっこう》も日光《にっこう》にこだわらなくてもいいのにね」

お母《かあ》さんが無理《むり》して笑《わら》う。

「ひかり、教《おし》えてくれたよ。お父《とう》さんの名前《なまえ》」

トレッキングのゴール、湯滝《ゆだき》で本当《ほんとう》に聞《き》いた。

緊張《きんちょう》して、心臓《しんぞう》がぎゅっと縮《ちぢ》んでいく。

ひかり、こわいよ。

ひかりのお父《とう》さんの名前《なまえ》、言《い》っちゃったらどうなるの？

「あのね、大木《おおき》……」

「もういいわ」

強引《ごういん》にさえぎられた。

「学生時代《がくせいじだい》の男友《おとこと》だちに大木《おおき》って人《ひと》がいて、ひょっとして、ひかり君《くん》のお父《とう》さんかなって思《おも》ったの。でも、その人《ひと》、結婚《けっこん》もしてないし、海外《かいがい》に引《ひ》っ越《こ》したらしいの」

お母《かあ》さんは、いっきにしゃべってお肉《にく》を自分《じぶん》の口《くち》にいれた。
直感《ちょっかん》した。ウソだ。
男友《おとことも》だちなんて、今《いま》、頭《あたま》の中《なか》で作《つく》ったんだ。
お母《かあ》さんは、ひかりのお父《とう》さんの名前《なまえ》を聞《き》きたくない。
自分《じぶん》から、聞《き》きたがっていたくせに、どうして……？
「お土産《みやげ》に買《か》ってきてくれたレモン牛乳《ぎゅうにゅう》カレー、あれ、日光《にっこう》で流行《はや》っているの？」
お母《かあ》さんは無理《むり》に話題《わだい》をかえてきた。
私《わたし》も「静香《しずか》はいちごカレーなの」と合《あ》わせるように笑《わら》うしかない。
「へえ、おもしろいね」
お母《かあ》さんのがんばって笑《わら》う顔《かお》を見《み》ていたら、ふと思《おも》ってしまった。
こういう時《とき》、お父《とう》さんがいたら、生《い》きていたら、どうなったんだろう？
ぎこちない食卓《しょくたく》の空気《くうき》をほぐしてくれるんじゃないかな？
お母《かあ》さんが、どうしてウソをついたのかはわからない。
でも、なぜか、お父《とう》さんが生《い》きていたらウソをつかなかった気《き》がする。

お父《とう》さん、どうして死《し》んじゃったの？

事故《じこ》の話《はなし》は、お母《かあ》さんは思《おも》いだしたくもないみたいで、ふれないことが暗黙《あんもく》の了解《りょうかい》になっているけど、バス会社《がいしゃ》のミスなんでしょ？

その会社《かいしゃ》の人《ひと》に、私《わたし》のお父《とう》さんをかえしてくださいって言《い》いたくなっちゃう！


パジャマに着《き》がえて、ベッドにはいろうとするまえに、大切《たいせつ》なことを思《おも》いだした。

リュックの中《なか》のしおりに大切《たいせつ》なものをはさんだままだった。

それは、修学旅行《しゅうがくりょこう》一日目《にちめ》の夜《よる》。

ひかりが、私《わたし》の泊《と》まっていた部屋《へや》のドアにはさんでくれた手紙《てがみ》。

二日目《ふつかめ》に、戦場ヶ原《せんじょうがはら》でちゃんと話《はな》せたとき、「ちがう学校《がっこう》が泊《と》まっている棟《とう》に行《い》くの、すごく勇気《ゆうき》がいったんだぜ」ってぐちっていたのが、かわいくて。

男《おとこ》の子《こ》にかわいいなんて思《おも》っちゃいけないのかもしれないけど。

ひかりからの手紙《てがみ》は、クッキーのあき箱《ばこ》にいれている。

その箱《はこ》は机《つくえ》の引《ひ》きだしの奥《おく》にあって、手前《てまえ》にはもう捨《す》ててもいいような、低学年《ていがくねん》の時《とき》に使《つか》った文具《ぶんぐ》や算数《さんすう》セットのがらくたでいっぱいにしてある。

大切《たいせつ》なものってかくしたくなるから、いろいろ細工《さいく》しちゃうんだよね。

「あれ？」

引《ひ》きだしを開《あ》けたとき、違和感《いわかん》があった。

手前《てまえ》のがらくたが、なんだかおかしい。

いいかげんにいれているので、配置《はいち》が決《き》まってるわけじゃないけど、旅行《りょこう》に行《い》くまえとはちょっとちがうような……。

私《わたし》が、奥《おく》にある箱《はこ》を取《と》りだし、ふたを開《あ》けたとき。

「え」と口《くち》にだしてしまった。

手紙《てがみ》はたばになっているんだけど、封筒《ふうとう》のサイズと箱《はこ》はぴったり同《おな》じ大《おお》きさではない。

だから、右《みぎ》か左《ひだり》のどちらかによってしまう。

おまじないの本《ほん》に、自分《じぶん》のきき手《て》のほうに大切《たいせつ》なものはよせるといいって書《か》かれてあったから、私《わたし》はいつも右《みぎ》によせていた。

なのに、左側《ひだりがわ》に手紙《てがみ》のたばがよっていた。

一瞬《いっしゅん》、心臓《しんぞう》が止《と》まりそうになった。

これは、だれかがこの箱《はこ》を開《あ》けたってこと？

まさか、お母《かあ》さん……！

思《おも》わず、ひかりからの手紙《てがみ》のたばを、抱《だ》きしめた。

読《よ》まれた？　ウソだ、お母《かあ》さんが、そんなことするわけがない！

4章《しょう》 君《きみ》が応援《おうえん》したい人《ひと》

翌日《よくじつ》からは、学校《がっこう》から帰《かえ》るたび、スイミングスクールに行《い》くまえもその帰《かえ》りも、とにかくしょっちゅう、ポストをのぞいた。

ひかりからの手紙《てがみ》はいつも楽《たの》しみに待《ま》っている。

でも、今回《こんかい》はそれだけじゃない。

ひかりから手紙《てがみ》をもらって、その返事《へんじ》にお母《かあ》さんのことを書《か》きたい。

お母《かあ》さんのことがすごく不安《ふあん》だって。

その日《ひ》も、学校《がっこう》から帰《かえ》ってきてポストをのぞいたけど手紙《てがみ》はなかった。

ひかり、また、サッカーとか学校行事《がっこうぎょうじ》に夢中《むちゅう》になって、私《わたし》のこと忘《わす》れているのかも。

だったら……！

階段《かいだん》をあがって、部屋《へや》にはいり、机《つくえ》にむかった。

便箋《びんせん》をとりだし、ペンをにぎる。


ひかり、修学旅行《しゅうがくりょこう》楽《たの》しかったね。

あのあと、こっちは静香《しずか》と2人《ふたり》で熱《ねつ》だしたり、足尾銅山《あしおどうざん》に行《い》ったりしたよ。

ひかりからの手紙《てがみ》を待《ま》つって約束《やくそく》だったけど、私《わたし》からだしちゃいます。

じつは、事件《じけん》があって。お母《かあ》さんが……


ここまで書《か》くとはっとして、ペンを置《お》いた。

お母《かあ》さんがひかりからの手紙《てがみ》を読《よ》んでいるって知《し》ったら、ひかりは、どう思《おも》うんだろう？

気持《きも》ち悪《わる》いな、文通《ぶんつう》やめようぜってなるんじゃない？

もし、私《わたし》とひかりが両思《りょうおも》いだったら、2人《ふたり》で相談《そうだん》して乗《の》り越《こ》えようとするかもしれない。

けど、片思《かたおも》いの状態《じょうたい》で、相談《そうだん》をしても文通《ぶんつう》が終《お》わってしまうだけかも……？

だめだ、ひかりには相談《そうだん》できない！

日光《にっこう》で偶然《ぐうぜん》に再会《さいかい》できて、舞《ま》い上《あ》がっていたけど、私《わたし》とひかりの間《あいだ》はなんにもかわってて

いない。

いくら、手紙《てがみ》を書《か》いてくれる約束《やくそく》をしてくれても、結局《けっきょく》は、私《わたし》が一方的《いっぽうてき》に想《おも》いをよせているだけの遠距離片思《えんきょりかたおも》いでしかない。

そこに気《き》づくと、胸《むね》の奥《おく》がしみるように痛《いた》くなった。

トゥルルルル。

1階《かい》のリビングから、電話《でんわ》の着信音《ちゃくしんおん》が聞《き》こえてきた。

私《わたし》は、もしやと、小《ちい》さな希望《きぼう》を胸《むね》に部屋《へや》を飛《と》びだす。

全速力《ぜんそくりょく》で階段《かいだん》をおり、電話《でんわ》の前《まえ》に立《た》ち、発信者番号《はっしんしゃばんごう》を見《み》てまちがいないと、受話器《じゅわき》をとった。

「ひかり！」

「え、あ、あ、そうだけど」

私《わたし》の声《こえ》のテンションが高《たか》すぎたみたいでひかりはおどろいていた。

「ご、ごめんね。ちょっと、気分《きぶん》が盛《も》りあがっていて」

「へえ、なんかいいことでもあったんだ」

「え、そういうわけでも」

言《い》ってみたい。ひかりの声《こえ》を聞《き》いたからだって、思《おも》いきって口《くち》にしたい。

けど、できない。

「手紙《てがみ》、まだだしてなくて、ごめんな。じつはびっくりするようなことが立《た》て続《つづ》けに起《お》きてさ。もう、文章《ぶんしょう》より口《くち》のほうが。あ、本当《ほんとう》は会《あ》えれば一番《いちばん》いいんだけど」

会《あ》えればって言葉《ことば》に一瞬《いっしゅん》、心《こころ》がきゅっと音《おと》を立《た》てる。

でも、それより……。

「びっくりするようなことってなに？」

ひかりのお父《とう》さんとうちのお母《かあ》さんに関係《かんけい》することのような気《き》がした。

緊張《きんちょう》で心臓《しんぞう》がしめつけられる。こわい、なにが起《お》きたの？　私《わたし》たち、どうなっちゃうの？

「あ、いや、そんな深刻《しんこく》な声《こえ》だすなよ。びっくりは、びっくりだけど、いいことだよ」

「え……」

ひかりの声《こえ》は明《あか》るかった。

「未来《みらい》、落《お》ちついて聞《き》けよ」

「う、うん」

「説明《せつめい》するのが大変《たいへん》なんだけど、ちゃんと、さいごまで聞《き》いてくれよな」

今度《こんど》は真剣《しんけん》な口調《くちょう》になる。

ひかりはすごく大切《たいせつ》なことを伝《つた》えようとしている。それが強《つよ》く伝《つた》わってくる。

考《かんが》えすぎかもしれない。うぬぼれかもしれない。

もしや、未来《みらい》は友《とも》だち以上《いじょう》なんだよ、とか……！

目《め》をぎゅっととじ、受話器《じゅわき》をにぎりしめた。

「戦場ヶ原《せんじょうがはら》でいっしょになった、二谷官九郎《にたにかんくろう》っているだろ？　あいつがショートムービーシナリオ大賞《たいしょう》っていうので、大賞《たいしょう》とったんだよ！　大人《おとな》に勝《か》ったんだよ！」

え……？

言《い》われたことがよくわからないまま目《め》を開《あ》けると、ひかりの説明《せつめい》は続《つづ》いていった。

「それでさ、そのシナリオはプロによって映像化《えいぞうか》されて、ネットで配信《はいしん》されたり、あとなんだっけな、ショートムービー専門《せんもん》の映画祭《えいがさい》で上映《じょうえい》されるのかな？　あ、未来《みらい》、ショートムービーってわかるか？　イメージつくか？」

「短《みじか》い映画《えいが》っていうか映像《えいぞう》だよね」

「そうそう10分《ぷん》ぐらいだって。あれ、落《お》ちついてるな？　えー！　とかないのかよ？」

「あ、ちょっと、話《はなし》がいきなりすぎて。でも、二谷君《にたにくん》の独特《どくとく》な雰囲気《ふんいき》って大人《おとな》に勝《か》っちゃってもおかしくないなって」

「そうなんだよ！　あいつは天才《てんさい》なんだよ！」

ひかりは二谷君《にたにくん》の快挙《かいきょ》を自分《じぶん》のことのように、ううん、それ以上《いじょう》に喜《よろこ》び、はしゃいでいた。

私《わたし》は、そういうひかりがすごく好《す》きだ。でも、さっき、一瞬《いっしゅん》でもうぬぼれた自分《じぶん》がはずかしくて、たまらなくて、どう対応《たいおう》していいかわからない。

「いいか、未来《みらい》。ここからがすごいっていうか、おどろきっていうか、よく聞《き》けよ」

「うん」

「二谷《にたに》は主演《しゅえん》を静香《しずか》にしたいって、プロの監督《かんとく》や関係者《かんけいしゃ》に交渉《こうしょう》しだしたんだよ。イメージにぴったりなんだって」

自分《じぶん》の口《くち》がまるく開《あ》いた。静香《しずか》が映画《えいが》の主役《しゅやく》をやる？

そんなとつぜん、映画《えいが》とかってでられるの？

「え、ちょ、ちょっと待《ま》って！　静香《しずか》は知《し》ってるの？　でたいって言《い》ってるの？」

ひかりが困《こま》ったような声《こえ》をだす。

「ここからが未来《みらい》に相談《そうだん》なんだけど、静香《しずか》はなにも知《し》らない。二谷《にたに》が1人《ひとり》で突《つ》っ走《ぱし》ってる。主人公《しゅじんこう》の名前《なまえ》も、『静香《しずか》』に書《か》きかえるって！」

「ええ？」

「おれ、昨日《きのう》、二谷《にたに》のつきそいとして、制作会社《せいさくがいしゃ》っていうの？　そこに2人《ふたり》で行《い》ったら、監督《かんとく》は、子役《こやく》っているじゃん、そういう子《こ》を集《あつ》めてオーディションやるって言《い》ったんだけど、二谷《にたに》が熱《あつ》く交渉《こうしょう》をしだしてさ」

私《わたし》の中《なか》で、二谷君《にたにくん》と「熱《あつ》い」って言葉《ことば》が一致《いっち》しないまま、ひかりの話《はなし》に耳《みみ》をかたむける。

「『主役《しゅやく》は鈴原静香《すずはらしずか》以外《いがい》にありえません！　それ以外《いがい》の子《こ》にするなら、ぼくは大賞《たいしょう》をおります。そしてネットに、どうして制作会社《せいさくがいしゃ》というところは、脚本家《きゃくほんか》のキャスティングの意《い》見《けん》を無視《むし》するんだ。それが大人《おとな》の世界《せかい》なんですかって世間《せけん》の同情《どうじょう》を集《あつ》めるような文章《ぶんしょう》を書《か》きこみます』とか言《い》っちゃってさ」

「それって、交渉《こうしょう》じゃなくて、脅迫《きょうはく》じゃない！」

「そういう取《と》りかたもあるか。けど、静香《しずか》の写真《しゃしん》を見《み》せたら、監督《かんとく》の態度《たいど》がかわってさ、この子《こ》に会《あ》って決《き》めようかって」

次《つぎ》の言葉《ことば》がすぐに見《み》つからなかった。

二谷君《にたにくん》の意外《いがい》な一面《いちめん》にもおどろいたけど、静香《しずか》って、映画関係者《えいがかんけいしゃ》からみると、演《えん》じるとか、女優《じょゆう》とかにむいたルックスをしているんだ。

たしかに静香《しずか》は美少女《びしょうじょ》で、もう少《すこ》ししゃべらなければ、絶対《ぜったい》にもてるっていうのはわかっていたんだけど。

まさか、そんな素質《そしつ》があるなんて！

私《わたし》が静香《しずか》のことを一番《いちばん》知《し》っているっていう自信《じしん》が、ちょっとくずされちゃったな。

「ねえ、写真《しゃしん》ってひかりの担任《たんにん》の先生《せんせい》が、記念《きねん》に私《わたし》たちを撮《と》ってくれたもの？」

それなら私《わたし》もほしい。だって、ひかりとならんで撮《と》ったから。

「それじゃなくて、二谷《にたに》が静香《しずか》1人《ひとり》をスマホで撮《と》ってたやつだった」

絶句《ぜっく》した。

それって静香《しずか》知《し》っているのかな？

まさか、勝手《かって》に撮《と》ったんじゃあ……。

すると、ひかりが急《きゅう》に真剣《しんけん》な声《こえ》をだした。

「うすうす感《かん》づいてるかもしれないけど、ここから先《さき》は未来《みらい》の力《ちから》が欲《ほ》しいんだよ」

「私《わたし》の力《ちから》？」

「未来《みらい》から、静香《しずか》を説得《せっとく》してくれないか？」

「ええ！」

「だって未来《みらい》しか説得《せっとく》できねえよ。まず、未来《みらい》が静香《しずか》に説明《せつめい》して、そのあとに監督《かんとく》が静香《しずか》と会《あ》うと」

「でも、監督《かんとく》がダメって言《い》ったら、静香《しずか》、傷《きず》つくよ。別《べつ》に女優志望《じょゆうしぼう》でもなんでもないし。

静香《しずか》は――」

思《おも》わず、龍斗《りゅうと》の彼女志望《かのじょしぼう》だよって言《い》いそうになって飲《の》みこんだ。

「え？　静香《しずか》はなんだ？」

「ううん、なんでもない。ただ、ちょっと強引《ごういん》っていうか」

「おれ、監督《かんとく》は静香《しずか》に会《あ》ったらこの子《こ》にしようって言《い》う気《き》がするんだ。そのぐらい、写真《しゃしん》に興味《きょうみ》もってたんだよ。それに、二谷《にたに》が静香《しずか》を傷《きず》つける状況《じょうきょう》には絶対《ぜったい》にしないと思《おも》う。だって、静香《しずか》はあいつの、初恋《はつこい》だから！」

自分《じぶん》の体《からだ》がきゅっとかたまった。

だって、初《はじ》めて聞《き》いた。

ひかりの口《くち》から、初恋《はつこい》って言葉《ことば》。

「二谷《にたに》のやつ、そのシナリオを書《か》いているときに、主人公《しゅじんこう》の女《おんな》の子《こ》のことばかり書《か》いてて、戦場ヶ原《せんじょうがはら》で静香《しずか》にあったときに、ああ、この子《こ》だって、体中《からだじゅう》に電気《でんき》が走《はし》ったんだって！ すごくないか？」

ひかりは受話器《じゅわき》から飛《と》びだしてくるくらいのいきおいで語《かた》る。

おもいかえしてみれば、二谷君《にたにくん》、「どろ、にあうね」って言《い》うまえに、じっと静香《しずか》を見《み》つめていたんだけど、彼《かれ》からすると体《からだ》に電気《でんき》が走《はし》っていたんだ。

そっか、そういうことか。

でもね、ひかり。私《わたし》も初《はじ》めてひかりに会《あ》った時《とき》、病室《びょうしつ》で話《はな》したとき、それに近《ちか》いものがあったよ。

二谷君《にたにくん》の初恋《はつこい》はわかってても、私《わたし》の初恋《はつこい》には気《き》づいてもくれないの？

「たのむよ、未来《みらい》！　おれといっしょに二谷《にたに》の脚本家《きゃくほんか》としての夢《ゆめ》と初恋《はつこい》を応援《おうえん》してくれ！」

おれといっしょに……。

たよられているのかな、私《わたし》。

ここまでまっすぐに、想《おも》いをぶつけられれば協力《きょうりょく》したい気持《きも》ちもむくむくとわいてくる。

けど、一《ひと》つ、ひっかかることがある。

静香《しずか》は心《こころ》に決《き》めている男《おとこ》の子《こ》がいて、それは二谷君《にたにくん》じゃない。

それを知《し》っていて、このままひかりと二谷君《にたにくん》に協力《きょうりょく》していくって、どうなんだろう？

答《こた》えに困《こま》っていると、ひかりが力強《ちからづよ》い声《こえ》をだしてきた。

「1人《ひとり》にはさせない」

その言葉《ことば》に胸《むね》の奥《おく》がどきんとする。

「未来《みらい》が静香《しずか》に話《はなし》をするとき、おれも、となりにいるようにするよ」

となりという言葉《ことば》にふたたび胸《むね》が小《ちい》さな音《おと》を立《た》てた。

気《き》がついたら、口《くち》から「わかった」とこぼれてしまった。

「未来《みらい》、ありがとう！　じゃあ、３人《にん》ですぐに会《あ》おう！」

「う、うん」

本当《ほんとう》はお母《かあ》さんのことを話《はな》したかった。

でも、それができないまま、静香《しずか》説得作戦《せっとくさくせん》に話《はなし》がいってしまう。

そして、ひかりは、すごい大胆《だいたん》なことを口《くち》にしてきた。

それ、本気《ほんき》……？

5章《しょう》　まぶしい再会《さいかい》

日曜日《にちようび》になった。

ひかりが家《いえ》に来《く》る日《ひ》だ。

そのあとに静香《しずか》が来《く》るんだけど、まさか、ひかりが自分《じぶん》の家《いえ》に来《く》ることになるなんて。

朝《あさ》からそわそわ落《お》ちつかない。

ひかりは電話《でんわ》で「よく考《かんが》えたら、かんじんの二谷《にたに》もいっしょじゃないと」って言《い》いだしたんだけど、私《わたし》とひかりだけのほうが説得《せっとく》がうまくいくんじゃないってやんわりと断《ことわ》った。

静香《しずか》の二谷君《にたにくん》への印象《いんしょう》、あんまりよくなさそうなんだよね。

お母《かあ》さん、今日《きょう》は仕事《しごと》で夜《よる》おそくまでいない。

予約殺到《よやくさっとう》だってはりきって出《で》かけていった。

よかった、今《いま》はひかりとお母《かあ》さんは会《あ》わないほうがいい気《き》がするから。

本当《ほんとう》は、ひかりのお父《とう》さんとうちのお母《かあ》さんの関係《かんけい》がはっきりするまで、ひかりは家《いえ》に来《こ》ないほうがいいのかもしれない。

でも、遠距離片思《えんきょりかたおも》いって、なかなか会《あ》えないから、小《ちい》さなチャンスをぼうにふることはできなくて。

おかあさんが出《で》かけて、しばらくしてから、私《わたし》も家《いえ》をでた。

もうそろそろ駅《えき》にひかりがつくころだ。

自分《じぶん》の家《いえ》に来《き》てもらうんだから、あんまり、おしゃれしても、へんなので、学校《がっこう》に行《い》くときとかわらない服装《ふくそう》にした。

でも、外《そと》にでて歩《ある》いている最中《さいちゅう》に、やっぱり、ちょっとはかわいくしてもよかったかもと小《ちい》さな後悔《こうかい》が生《う》まれだす。

なんだかんだと足《あし》を動《うご》かすと、あっという間《ま》に駅《えき》についてしまった。

すると、ちょうど、ひかりが改札《かいさつ》からでてきた。

私《わたし》に気《き》づくと大《おお》きく手《て》をふって、走《はし》ってやってくる。

まぶしい。

太陽《たいよう》を背《せ》にしているからじゃなく、きっと、くもっていても輝《かがや》いて見《み》えてしまうのかも。

「悪《わる》いな、未来《みらい》。強引《ごういん》なことたのんじゃって」

ひかりが頭《あたま》をかく。

「ううん」

ひかりに会《あ》えたからそれでいい、そう口《くち》にしたいけど、やっぱり無理《むり》。

「うち、こっちだから」

ひかりといっしょに来《き》た道《みち》を歩《ある》きだす。

「へえ、これが未来《みらい》の住《す》んでるところかあ」

ひかりが、まわりのお店《みせ》やビルをきょろきょろと見《み》ていると、私《わたし》は思《おも》わずくすりと笑《わら》ってしまった。

「え、おれ、へんなこと言《い》った？」

「私《わたし》も、初《はじ》めてひかりの住《す》む町《まち》に行《い》った時《とき》おなじこと思《おも》ったから」

「未来《みらい》もそうだったんだ」

ひかりが笑《わら》った。

ひかりの住《す》む町《まち》には二度《ど》行《い》ったことがある。

一度目《どめ》は、今年《ことし》の夏休《なつやす》み。５年生《ねんせい》の夏休《なつやす》みに、ひかりと初《はじ》めて出会《であ》ったときの、約束《やくそく》を果《は》たしたくて、住所《じゅうしょ》をたよりに、ひかりの家《いえ》に行《い》こうとした。

途中《とちゅう》で、持病《じびょう》が悪化《あっか》してうずくまっていたら、ひかりも私《わたし》の家《いえ》に行《い》こうとしていたみたいで、偶然《ぐうぜん》に会《あ》えた。

二度目《どめ》は、夏休《なつやす》みがあけて、ひかりが怪我《けが》で入院《にゅういん》した時《とき》。

おみまいに行《い》って、病院《びょういん》の屋上《おくじょう》に２人《ふたり》で上《のぼ》った。

そして、今《いま》、ひかりが私《わたし》の町《まち》に来《き》てくれた。２人《ふたり》でならんで歩《ある》いている。

ぜんぜん大《たい》したことじゃないかもしれないけど、私《わたし》にはかけがえのない素晴《すば》らしい時間《じかん》。

「あ、未来《みらい》がみまいに持《も》ってきてくれたカップケーキに似《に》てる！」

ひかりがとつぜん、パン屋《や》ののぼりに描《か》いてあるケーキのイラストを指《ゆび》さした。

「あそこで、買《か》ったんだよ」

「まじか！　おれの直感《ちょっかん》はすごいな！」

ひかりは自分《じぶん》に感心《かんしん》しながら笑《わら》っていた。

そんなひかりを見《み》ていると、胸《むね》がいっぱいになってくる。

そうだ、今《いま》のうちにお母《かあ》さんのこと、話《はな》したほうがいいかな。

でも、話《はな》したからってどうなるんだろう。

こんなにもきらきらと輝《かがや》く瞬間《しゅんかん》を失《うしな》ってしまうだけなのかも。

「今日《きょう》は、おれも、ちゃんと持《も》ってきたから」

ひかりが、持《も》っていたスーパーの袋《ふくろ》を掲《かか》げた。

「さっきから、気《き》になっていたんだけど、それ、なに？」

「いやいや、女子《じょし》の家《いえ》に行《い》くんだから、気《き》のきいたことをしないと」

ちょっと気取《きど》っている。

なんだろ、私《わたし》に気《き》をつかってくれてるの？

そして、女子《じょし》の家《いえ》って言葉《ことば》に、どきどきしだしてしまう。

私《わたし》も、男《おとこ》の子《こ》、1人《ひとり》だけを家《いえ》に招《まね》きいれるってことは、生《う》まれて初《はじ》めてなんだよね。

「今朝《けさ》さ、リビングで父《とう》さんに『なんで、このページ折《お》ってるの』って例《れい》の健康雑誌《けんこうざっし》ひらいて聞《き》いたんだけどさ」

ひかりがいきなり言《い》いだして、ぎくりとする。

「父《とう》さん『ああ、なんでだろうな』って、いきなり、折《お》った部分《ぶぶん》もとにもどしたんだよ」

「それって、どういうことなの？」

「ぜんぜんわからねえよ。思《おも》いきって『父《とう》さんが折《お》っていたページに載《の》ってた人《ひと》、おれ、会《あ》ったことあるよ。友《とも》だちのお母《かあ》さんだよ』って言《い》いたくなったんだけど、やっぱ言《い》えないよな。『その友《とも》だちってどこの子《こ》だ』とか、ごちゃごちゃ聞《き》かれるといやなんだよ」

ひかりの言《い》いぶんは、すごくよくわかる。

文通《ぶんつう》って悪《わる》いことじゃないけど、できれば、大人《おとな》にはひかりと私《わたし》の間《あいだ》にあまりふれてほしくない。

やっぱり、ひかりにはお母《かあ》さんが手紙《てがみ》を読《よ》んだかもしれないとか、お母《かあ》さんはひかりのお父《とう》さんと自分《じぶん》が知《し》り合《あ》いかもしれないってことをごまかそうとしているとか、教《おし》えないほうがいい。

汚《きたな》い発想《はっそう》かもしれないけど、教《おし》えたら、文通《ぶんつう》が終《お》わってしまう気《き》がする。

「あれ？」

ひかりが少《すこ》し先《さき》に視線《しせん》をのばす。

すると、むこうから歩《ある》いてきた男《おとこ》の子《こ》も同《おな》じことを口《くち》にした。

歩《ある》いてきたのは、ジャージ姿《すがた》でスポーツバッグを肩《かた》にかけている龍斗《りゅうと》だった。

え、どうしよう。

あ、別《べつ》にあわてることじゃないのかな。

でも、どうして、落《お》ちつかないの？

「よう。大木《おおき》、修学旅行《しゅうがくりょこう》以来《いらい》だな」

龍斗《りゅうと》のほうから声《こえ》をかけてくれた。

ひかりと龍斗《りゅうと》はサッカーチームのキャプテン同士《どうし》で、対戦《たいせん》したこともあるんだ。

「そっか、藤岡《ふじおか》と修学旅行《しゅうがくりょこう》で会《あ》ってるはずだよな」

「おれは、戦場ヶ原《せんじょうがはら》で大木《おおき》を見《み》たけど、たぶん、おまえは気《き》づいてないよ」

龍斗《りゅうと》が笑《わら》うと、ひかりは「ごめんごめん、二谷《にたに》って友《とも》だちが喘息《ぜんそく》で、おれ、頭《あたま》がいっぱいで」と頭《あたま》をかく。

「別《べつ》の友《とも》だちで頭《あたま》いっぱいだったんじゃねえか」

龍斗《りゅうと》が私《わたし》に顔《かお》をむけいたずらっぽく笑《わら》う。

え？　今《いま》のどういう意味《いみ》？　わからない。

「これから、コンドルズのチーム練習《れんしゅう》？」

ごまかすように、ありきたりのことを口《くち》にした。

なにをごまかしているのかはよくわからないんだけど。

「ああ。大木《おおき》は？　今日《きょう》はファイターズの練習《れんしゅう》ないの？　年末《ねんまつ》のトーナメント戦《せん》にむけてキャプテンとして大変《たいへん》だろう？」

「おれのチームは朝練《あされん》だった」

「そっか。ひょっとしたら、トーナメントで戦《たたか》うかもな。よろしく」

龍斗《りゅうと》がひかりに改《あらた》めてあいさつをした。

「こ、こちらこそ」

ひかりもあわてて軽《かる》く頭《あたま》をさげる。

ふっとさわやかな空気《くうき》に包《つつ》まれた。

2人《ふたり》は友《とも》だちでもあり、サッカーのライバルでもあって、ちょっとかっこいい関係《かんけい》だけど、でも、なんだか2人《ふたり》を見《み》ていると落《お》ちつかない時《とき》があるんだよね。

「じゃ」

龍斗《りゅうと》が去《さ》っていき、私《わたし》たちは歩《ある》きだした。

「トーナメント戦《せん》あるんだ」

「まあね」

ひかりが下《した》をむく。

「急《きゅう》にどうしたの？　練習《れんしゅう》うまくいってないとか？」

「いや、そうじゃなくて。藤岡龍斗《ふじおかりゅうと》って、いちいちかっこよくねえか？」

「ええ？」

「あいつ、サッカー以外《いがい》のこともできるタイプだろ。女子《じょし》にバカとか、なに考《かんが》えてるのよとか、おこられないだろ？　いいやつだけど、なんだよって思《おも》っちゃう時《とき》があるんだ」

私《わたし》はあぜんとした。

そして、おかしくなって軽《かる》く吹《ふ》きだしてしまった。

「笑《わら》うなよ」

「ごめん、ちがうの。ほら、私《わたし》って、持病《じびょう》があったり、ちょっと卑屈《ひくつ》なところもあるから、明《あか》るくてきらきらしてたり、言《い》いたいことどんどん言《い》えちゃう女《おんな》の子《こ》に、時々《ときどき》、なによって思《おも》う時《とき》があって。ひかりも、男《おとこ》の子《こ》もそうなんだってわかって、うれしいの」

「へえ、そっか。まあ、みんなあるんだな」

ひかりが笑《わら》うと、胸《むね》の奥《おく》で、きれいなビー玉《だま》がころころと転《ころ》がりだした。

お母《かあ》さんのことは、忘《わす》れよう。

会《あ》える機会《きかい》がめったにないんだから、今日《きょう》はひかりと楽《たの》しい時間《じかん》をすごしたい。

「あ、ここが私《わたし》の家《いえ》」

鍵《かぎ》をあけ、ひかりにはいってもらった。

6章《しょう》

2人《ふたり》きりの日曜日《にちようび》

「おじゃましま〜す」

ひかりが靴《くつ》をぬいだので、「あ、こっち」とリビングに案内《あんない》した。

私《わたし》は、かなり緊張《きんちょう》しているんだけど、ひかりはいつもとかわらない。

やっぱり、これが友《とも》だちってこと？

「そこ、座《すわ》っていいよ」

「うん」

ひかりがソファに腰《こし》かけた。いつも、私《わたし》が座《すわ》っている場所《ばしょ》にいる。

たったそれだけのことなのに、胸《むね》の奥《おく》で早鐘《はやがね》がなりだした。

「オレンジジュースでいい？」

「ありがとう」

キッチンで紙《かみ》パックからジュースをコップにそそぐと手《て》がふるえていた。

な、なんで、いつもはふつうにやっていることなのに。

「おまたせ」

なにごともなかったように、ジュースのはいったコップを、一《ひと》つはテーブルに、ひかりの前《まえ》におく。

もう一《ひと》つはにぎったまま、突《つ》っ立《た》ってしまう。

だって、どこに座《すわ》ればいいの？

うちは2人《ふたり》がけのソファが一《ひと》つあるだけ。

静香《しずか》が遊《あそ》びに来《く》るときは2人《ふたり》でならんで座《すわ》っているけど、この場合《ばあい》、どうすれば？

公園《こうえん》やバス停《てい》のベンチにひかりとならんで腰《こし》かけたことはなんどかある。

けど、家《いえ》ってちがうよ。

公園《こうえん》やバス停《てい》は空間《くうかん》が開《ひら》けているし、ほかにたくさん人《ひと》がいる。

でも、今《いま》、私《わたし》とひかりはとざされた場所《ばしょ》で2人《ふたり》きりってことだよね。

家《いえ》に呼《よ》ぶって、楽《たの》しいことだと想像《そうぞう》したけど、緊張《きんちょう》のほうが強《つよ》いかも。

「どうした、未来《みらい》？　体《からだ》の調子《ちょうし》悪《わる》いとか？」

「う、ううん」

私《わたし》はソファではなく、カーペットに座《すわ》った。

すると、すぐにひかりが「え？　ここ座《すわ》れよ」と自分《じぶん》のとなりをさした。

どくん。心臓《しんぞう》の鼓動《こどう》が大《おお》きくなる。

ひかりからすると、私《わたし》がソファに、となりに座《すわ》ることが当然《とうぜん》なんだ。

でも、私《わたし》には、それはかなり勇気《ゆうき》のいること。

けど、ひかりがそう言《い》ってくれたのに、このままカーペットの上《うえ》で横座《よこずわ》りをし続《つづ》けているのも、なんだかおかしい。

「そうだね」

なにかをふりきるように、立《た》ち上《あ》がり、ひかりのとなりに座《すわ》り、コップを手前《てまえ》におく。

氷《こおり》のゆれる音《おと》が小《ちい》さな部屋《へや》に響《ひび》く。

座《すわ》ってみると、なんてことはなかった。

となりにひかりがいる。でもそれは、公園《こうえん》やバス停《てい》のベンチの時《とき》と同《おな》じだ。

ちょっと、意識《いしき》しすぎていたのかもしれない。

「静香《しずか》1時間後《じかんご》に来《く》るから、今《いま》のうちに、説得作戦《せっとくさくせん》をたてないとね。最初《さいしょ》のセリフとか決《き》める？『静香《しずか》、女優《じょゆう》にならない!?』とか。ちょっとオーバーかな」

リラックスした私《わたし》は、急《きゅう》にじょうぜつにひかりに話《はな》しだす。

ところが……。

「あ、ああ。そんな感《かん》じかな」

今度《こんど》は急《きゅう》にひかりの態度《たいど》がおかしくなった。

曖昧《あいまい》なことを言《い》って、オレンジジュースを半分《はんぶん》ぐらい飲《の》み、視線《しせん》を私《わたし》からそらす。

「ひかり、なんか、私《わたし》、へんなこと言《い》った？」

「い、いや、別《べつ》に」

ひかりは足《あし》の上《うえ》に手《て》をおいたかとおもうと、すぐに頭《あたま》の上《うえ》で重《かさ》ねたりした。

すごく落《お》ちつきがないんだけど。

ふと、思《おも》った。

ひょっとして、私《わたし》がとなりに座《すわ》ったあとで、２人《ふたり》きりだってことに気《き》づいたとか？

やだ、ひかり、意識《いしき》しないでよ。

ひかりが意識《いしき》ちゃうと、私《わたし》もまた、さっきにもどっちゃうよ。

「し、しずかだな。おれんち、いつもうるさいからさ。環境《かんきょう》がいいんだな。は、ははは」

ひかりがごまかすように笑《わら》う。

「テ、テレビつけようか」

「あ、ああ」

テーブルの上《うえ》にあるリモコンのスイッチをおす。

すると、ドラマの再放送《さいほうそう》のすごいシーンがうつりだした。

大人《おとな》の男《おとこ》の人《ひと》と女《おんな》の人《ひと》がソファに座《すわ》って、抱《だ》き合《あ》っている……。

私《わたし》は、あわてて番組《ばんぐみ》をかえようとした。

でも、もうおそかった。

画面《がめん》の中《なか》の2人《ふたり》は唇《くちびる》を重《かさ》ねてしまっていた。

し、心臓《しんぞう》が止《と》まりそう。だれかに手《て》をつっこまれて、つかまれたみたい。

けど、テレビ画面《がめん》が急《きゅう》に料理《りょうり》番組《ばんぐみ》にかわった。

となりで、ひかりがリモコンをにぎったままかたまっている。

「あ、あ、おれ、いつもこれ見《み》てるんだよ」

「ひかり、お料理《りょうり》するの？」

「え、あ、しないけど、うまそうだなって。においもよさそうだし」

あわてていたウソをごまかすために、ひかりが、鼻《はな》をくんくんならす。

その姿《すがた》がおかしくて、私《わたし》は、ぷっと吹《ふ》きだした。

ひかりも、自分《じぶん》がどれだけあわてていたかに気《き》づき、「へへ」と笑《わら》い、少《すこ》し空気《くうき》がやわらかくなった。

「そうだ。これ！」

ひかりが例《れい》のスーパーの袋《ふくろ》の中《なか》のものを、テーブルの上《うえ》に広《ひろ》げていった。

ラムネ、棒型《ぼうがた》のスナック、グミ、こんぶ、一口《ひとくち》サイズのたくさんのゼリー。

私《わたし》は目《め》をまるくする。

「え？　未来《みらい》って駄菓子《だがし》食《く》わないの？　おれんちの近所《きんじょ》のスーパーに駄菓子《だがし》コーナーあるんだけど、すげえ人気《にんき》だぜ」

私《わたし》は、くっくとおなかをかかえて笑《わら》いだす。

「なんだよ、え、なんだ」

「ありがとう、気《き》をつかってくれたんだよね」

「そ、そうだけどさ」

まだ、笑《わら》いが止《と》まらない。

そして、笑《わら》いながら、私《わたし》は、ひかりのことが本当《ほんとう》に好《す》きなんだなと思《おも》う。

ひかり、4年生《ねんせい》だったら、ありだけど、私《わたし》たち、もう6年生《ねんせい》だからね！

「どれにしようかな。これ、おいしそう」

テーブルの上《うえ》の駄菓子《だがし》にふれたとき。

ひかりも同《おな》じものをとろうとしたみたいで、私《わたし》の手《て》の上《うえ》にひかりの手《て》が重《かさ》なった。

一瞬《いっしゅん》、部屋《へや》の中《なか》の時間《じかん》が止《と》まる。

なぜか、おたがいの手《て》が動《うご》かなくなる。

どうして、どっちも、どかさないの？　どうすればいいの？

そのとき。

ピンポーンと玄関《げんかん》のチャイムが鳴《な》り、ひかりが「あ」っという顔《かお》をし、私《わたし》の手《て》から自分《じぶん》の手《て》をはなした。

「た、宅配便《たくはいびん》かもしれない。お母《かあ》さん、通販《つうはん》で買《か》ったものが届《とど》くかもとか、なんとか」

自分《じぶん》でもなにを言《い》っているのかわからない。

夢中《むちゅう》でリビングを飛《と》びだし、玄関《げんかん》にむかった。

宅配便屋《たくはいびんや》さんに感謝《かんしゃ》した。

あのままだと、心臓《しんぞう》がもたなかったかも！

玄関《げんかん》をあけると、「未来《みらい》、おじゃまするよ〜」と静香《しずか》がいつもの調子《ちょうし》ではいってきて靴《くつ》をぬぎだした。

「え、え、静香《しずか》、来《く》る時間《じかん》早《はや》くない？」

「だって、うち日曜日《にちようび》、ヒマだもん！　することないもん！　あれ……」

靴《くつ》をぬいだ静香《しずか》が私《わたし》のずっとうしろのほうを見《み》ている。

「ひかり……なんでいるの？」

ひかりは、のそのそとろうかにでてきていた。

「よ、よう」

ひかりがあいさつすると、静香《しずか》が耳《みみ》もとで「うち、帰《かえ》ったほうが」とささやく。

「静香《しずか》にいてもらわないと困《こま》るの。話《はなし》があって」

「はなし？」

小首《こくび》をかしげる静香《しずか》を見《み》てはっ！　とした。

どうやって説得《せっとく》するか、結局《けっきょく》、ぜんぜん、ひかりと話《はな》し合《あ》っていない！

ひかり、どうするの？

7章《しょう》 好《す》きな人《ひと》に自分《じぶん》を見《み》てほしい！

「というわけなんだけど」

結局《けっきょく》、ひかりがいっしょうけんめい、静香《しずか》にぜんぶ話《はな》した。

あんまり熱《ねっ》っぽく語《かた》るから、二谷君《にたにくん》の静香《しずか》への想《おも》いまで口《くち》にしちゃうんじゃないかと思《おも》っていたけど、それはなくて、ほっとした。

静香《しずか》は「ええ？」「なんだって？」とか言《い》いながら、何種類《なんしゅるい》もの駄菓子《だがし》をぼりぼりとほおばっていた。

「ねえ、静香《しずか》。映画《えいが》にでようって思《おも》っても、ふつうは無理《むり》じゃない？　思《おも》い出作《でづく》りっていうか、記念《きねん》みたいな感《かん》じで気楽《きらく》に引《ひ》き受《う》けたら」

私《わたし》がそういうと、となりのひかりもうんうんとうなずく。

静香《しずか》がゆっくりと口《くち》を開《ひら》いた。

「だから、こういう配置《はいち》なんだ」

「え？　配置《はいち》って？」

「うち、1人《ひとり》をソファにふんぞりかえらせて、お菓子《かし》を食《た》べさせ、2人《ふたり》はカーペットにならんで正座《せいざ》している。もうこの配置《はいち》が、うちをおだてて、思《おも》いどおりにさせようって魂胆《こんたん》まるみえ！」

ひかりがばれた！　という顔《かお》をした。

私《わたし》も無意識《むいしき》のうちに、ひかりに合《あ》わせて、静香《しずか》をお姫様《ひめさま》、自分《じぶん》たちをひざまずく家来《けらい》みたいな構図《こうず》にしてしまっていた。

静香《しずか》からすると、それがかんにさわったのかも。

どうしよう、へたなこと言《い》っちゃうと、どんどんへそ曲《ま》げちゃうかな？

けど、一番気《いちばんき》になっているのは……。

静香《しずか》、二谷君《にたにくん》のこと苦手《にがて》なんじゃないかな？

映画《えいが》に興味《きょうみ》がないなら、まだいいんだけど、二谷君《にたにくん》がいやだからってなった場合《ばあい》、二谷《にたに》君《くん》もひかりも一番《いちばん》、おちこんじゃうよ。

トゥルルルル。

電話《でんわ》が鳴《な》った。

立《た》ち上《あ》がって、電話《でんわ》の前《まえ》に立《た》つと、発信者番号《はっしんしゃばんごう》に「鈴原《すずはら》」と表示《ひょうじ》されていた。

静香《しずか》の苗字《みょうじ》だ。

「静香《しずか》、電話《でんわ》かかってきているよ」

「え？」

静香《しずか》が受話器《じゅわき》をとる。

「え、お父《とう》さん、なに？　今《いま》、うち大切《たいせつ》な話《はなし》をしているんだけど。いらないよ、そんなの！」

静香《しずか》は乱暴《らんぼう》に受話器《じゅわき》を置《お》くと、また、ソファの上《うえ》にでんと座《すわ》った。

ひかりが電話《でんわ》のそばに立《た》っていた私《わたし》に目《め》で合図《あいず》してきたので、静香《しずか》のとなりに座《すわ》る。

「おじさん、家《いえ》にいるんでしょ？　なにかあった？」

「『お菓子《かし》とジュース持《も》っていってやろうか』だって。いくつだと思《おも》ってるのよ！」

すると、ひかりが思《おも》わずプッと吹《ふ》きだしてしまった。バカ！

「ひかり、今《いま》、笑《わら》ったな！」

「い、いや、いいお父《とう》さんだなって」

「そうでしょ？　静《しず》香《か》のお父《とう》さん、すごくやさしいの」

ひかりと2人《ふたり》で、静《しず》香《か》のご機《き》嫌《げん》をとろうとしたけど、静《しず》香《か》本人《ほんにん》はぷんぷんとおこっている。

どうしよう？

ところが、静《しず》香《か》は、新《あたら》しい駄《だ》菓《が》子《し》の袋《ふくろ》をめりめりとやぶりながら、いきなり言《い》いだした。

「うち、映《えい》画《が》、やってみる」

「本《ほん》当《とう》か？」

ひかりの顔《かお》がぱっと明《あか》るくなった。

「で、うちはどうすればいいの？」

「え、えーと、静《しず》香《か》の両《りょう》親《しん》に連《れん》絡《らく》があって、そのあと、静《しず》香《か》の面《めん》接《せつ》をして。あ、静《しず》香《か》の連《れん》絡《らく》先《さき》がいるか」

私《わたし》は、静《しず》香《か》の気《き》持《も》ちがかわらないうちに、すぐに、ペンとメモをテーブルの上《うえ》に置《お》いた。

私《わたし》からひかりに教《おし》えてもいいんだけど、書《か》いてもらったほうが早《はや》い。

静香《しずか》が駄菓子《だがし》を食《た》べながら、住所《じゅうしょ》と電話番号《でんわばんごう》を書《か》きこむ。

「面接《めんせつ》してダメってこともあるわけだ」

「それはない！」

ひかりが強《つよ》い声《こえ》をだした。

「そんなこと言《い》い切《き》れるの？　監督《かんとく》っていうえらい人《ひと》がうちを気《き》にいらなかったら終《お》わりなんでしょ」

静香《しずか》の言《い》うとおりだ。私《わたし》もそこがやっぱり心配《しんぱい》。

ひかりもそこをつかれると、「たぶん、きっと、平気《へいき》」と強気《つよき》なんだか弱気《よわき》なんだかわからない表情《ひょうじょう》になってきた。

すると、静香《しずか》がメモをひかりにわたしながら言《い》った。

「約束《やくそく》して。ダメだったら、ほかの人《ひと》にはこのことを話《はな》さないで」

「もちろん！　あ、いや、そうはならない。あ、あ、ありがとう」

ひかりがメモを大切《たいせつ》そうにポケットにしまうと、すくりと立《た》ち上《あ》がった。

「じゃあ、おれ、さっそく二谷《にたに》に報告《ほうこく》してくる」

え、もう、帰《かえ》っちゃうの？

「未来《みらい》、静香《しずか》、ありがとう」

ひかりはさっさとリビングをでて玄関《げんかん》にむかった。

「か、帰《かえ》り道《みち》わかる？」

私《わたし》は、あわてておいかける。

ひかりはもう靴《くつ》を履《は》きだしていて、「だいじょうぶ。1人《ひとり》で帰《かえ》れる。未来《みらい》に助《たす》けられたな」と私《わたし》にほほえみかけた。

その顔《かお》は、太陽《たいよう》みたいにまぶしかった。

「あとで報告《ほうこく》する！」

そして、ひかりは帰《かえ》ってしまった。

あわただしくてなんだか、台風《たいふう》みたいだ。けど、台風《たいふう》にしてはやさしすぎる。

ひかりと重《かさ》なったほうの手《て》がまだあたたかい。

「帰《かえ》っちゃったんだね、ひかり」

はっと我《われ》にかえりふりむくと、静香《しずか》がろうかにやってきて、壁《かべ》によりかかる。

「あ、ありがとね。引《ひ》き受《う》けてくれて」

ごまかすように笑《わら》った。

「ねえ、未来《みらい》。なんで、かんじんの二谷君《にたにくん》が来《こ》ないの？」

意外《いがい》な質問《しつもん》だった。会《あ》いたかったのかな？

すると、静香《しずか》は指《ゆび》をLの字《エル》《じ》にしてあごにあて、にやりと笑《わら》った。

「さては、ひかりと2人《ふたり》きりになりたかったから、呼《よ》ばなかったな？」

「ち、ちがうよ！」

「わあ、赤《あか》くなってる！　うちが座《すわ》ったとき、ソファ、右《みぎ》も左《ひだり》も温《あたた》かかった。ということは、いっしょに仲《なか》よくならんで座《すわ》っていたってことだ！」

今度《こんど》は、探偵《たんてい》のように私《わたし》を指《ゆび》さしてきた。

私《わたし》はもう一度《いちど》「ちがう！」と言《い》いたかったけど言《い》えなかった。

ひょっとしたら、そういう理由《りゆう》もあって、二谷君《にたにくん》を呼《よ》ばなかったの……かもしれない。

「静香探偵《しずかたんてい》、まいりました！　お見事《みごと》な推理《すいり》です。じゃあ、今度《こんど》は私《わたし》の質問《しつもん》に答《こた》えて。どうして、引《ひ》き受《う》けてくれたの？　ひかりがいっしょうけんめいだったから？」

静香《しずか》はちょっとの間黙《あいだだま》っていたけど、意外《いがい》な答《こた》えがかえってきた。

「龍斗《りゅうと》が未来《みらい》ばっかし見《み》て、うちを子供《こども》だと思《おも》っているから」

唇《くちびる》をとがらせて、冗談半分《じょうだんはんぶん》のように言《い》ってるけど、私《わたし》の心《こころ》にはずしりと響《ひび》く。

「修学旅行《しゅうがくりょこう》で、帰《かえ》りにうちのお父《とう》さんむかえに来《き》ちゃったじゃん」

「う、うん」

「あの時《とき》、龍斗《りゅうと》、笑《わら》ってた」

「それは、ほほえましいっていうか、かわいく見《み》えたんじゃない？」

「そうかもしれない。でも、うちには龍斗《りゅうと》の声《こえ》が聞《き》こえた。『未来《みらい》とちがってガキだな』って」

ろうかから音《おと》が消《き》えた。どう答《こた》えていいのかわからない。

「足尾銅山《あしおどうざん》の時《とき》だって、龍斗《りゅうと》の頭《あたま》にあったのは、坑道《こうどう》にもどろうとした未来《みらい》がおくれてバスに乗《の》れなかったらってことだよ。うちもわんぱ君《くん》もその次《つぎ》のことなんだよ。そういうの、やっぱりくやしいよ。だから、そのショートムービーっていうのにでる！」

静香《しずか》がきりっと顔《かお》をあげた。

「え？」

「それにでて、龍斗《りゅうと》にも見《み》てもらって、うちだって、なにかできるんだって認《みと》めてほしい。未来《みらい》のとなりで、おもしろいことを言《い》っている子供《こども》っぽいだけの女《おんな》の子《こ》じゃない！　って」

それで出演《しゅつえん》しようと思《おも》ったんだ！

さすが、静香《しずか》！　私《わたし》には思《おも》いもつかない！

その決心《けっしん》にもびっくりしたけど、さらにおどろいたのは熱《あつ》く語《かた》った静香《しずか》の顔《かお》だ。

輝《かがや》いていて、みとれそうになってしまう。

静香《しずか》には、まだだれも気《き》づいていない、きらめくような魅力《みりょく》があるのかもしれない。

もし、龍斗《りゅうと》がそれに気《き》づいたら、静香《しずか》の想《おも》い、届《とど》くかも……。

8章《しょう》 運命《うんめい》とは戦《たたか》うしかない

ひかりが家《いえ》に来《き》た日曜日《にちようび》から数日《すうじつ》が経《た》った。

あとで報告《ほうこく》する！　ひかりはそう言《い》って、ドタバタと帰《かえ》っていった。

私《わたし》は、日曜日《にちようび》の夜《よる》、ずっと電話《でんわ》を気《き》にしていた。

でもかかってこなかった。

次《つぎ》の日《ひ》も、その次《つぎ》の日《ひ》も、電話《でんわ》を気《き》にしたりポストをのぞいたりしていた。

でも、報告《ほうこく》はひかりより静香《しずか》のほうが先《さき》だった。

「未来《みらい》〜！　おはよう」

水曜《すいよう》の朝《あさ》、登校中《とうこうちゅう》。静香《しずか》がうしろからいつものように走《はし》ってきた。

そして、まわりをきょろきょろと見《み》まわし、だれもいないことを確認《かくにん》し、耳《みみ》もとで言《い》ってきた。

郵　便　は　が　き

料金受取人払郵便

神田局承認

8628

差出有効期間
2019年6月
30日まで

101-8051

050

神田郵便局郵便私書箱4号

集英社みらい文庫

読者カード係 行

みらい文庫オリジナル図書カード500円分を
抽選で毎月20名にプレゼント!

応募方法 このアンケートはがきに
必要事項を記入してお送りください。

発表：賞品の発送をもってかえさせていただきます。

切手は不要です!
(差出有効期間をご確認ください)

ご住所（〒　　-　　）

☎　（　　）

お名前

スマホを持っていますか？
はい　・　いいえ

学年（　　年）　年齢（　　歳）

性別　（　男　・　女　）

この本（はがきの入っていた本）のタイトルを教えてください。

いただいた感想やイラストを広告、HP、本の宣伝物で紹介してもいいですか

1. 本名でOK　2. ペンネーム（　　　　　）ならOK　3. いい

※お送りいただいた方の個人情報を、本企画以外の目的で利用することはありません。資料として処理後は、破棄いたしま

※差出有効期間を過ぎている場合は、切手を貼ってご投函ください。

『集英社みらい文庫』読者カード

「集英社みらい文庫」の本をお買い上げいただきありがとうございます。
これからの作品づくりの参考とさせていただきますので、下の質問にお答えください。

この本を何で知りましたか？

1. 書店で見て　2. 人のすすめ（友だち・親・その他）　3. ホームページ
4. 図書館で見て　5. 雑誌、新聞を見て（　　　　　）6. みらい文庫にはさみ込まれている新刊案内チラシを見て　7.You Tube「みらい文庫ちゃんねる」で見て　8. その他（　　　　　）

この本を選んだ理由を教えてください。(いくつでも OK)

1. イラストが気に入って　2. タイトルが気に入って　3. あらすじを読んでおもしろそうだった　4. 好きな作家だから　5. 好きなジャンルだから
6. 人にすすめられて　7. その他（　　　　　）

最近、おもしろかった本、まんが、映画を教えてください。

（　　　　　）

最近、よく見るテレビ番組や、よくやるゲームを教えてください。

（　　　　　）

友だちのあいだで、はやっていることを教えてください。

（　　　　　）

今やっている、ならいごとを教えてください。

（　　　　　）

この本を読んだ感想、この本に出てくるキャラクターについて自由に書いてください。イラストもＯＫです♪

「今日《きょう》、映画《えいが》作《つく》るおじさん、監督《かんとく》だっけ？　その人《ひと》が家《いえ》に来《く》るって」

「え！」

「家帰《いえかえ》ったら、いるみたい。昨日《きのう》、電話《でんわ》かかってきて、お父《とう》さんと話《はな》してそうなった。お母《かあ》さんは用事《ようじ》があるから、お父《とう》さんが立《た》ち会《あ》うって」

どうやら、急《きゅう》スピードでことは進《すす》んでいっているようだ。ひかり、なんで私《わたし》に報告《ほうこく》してくれないの？

「がんばってね」

胸《むね》の奥《おく》のわだかまりをかくすように静香《しずか》にエールを送《おく》った。

「でもさ、がんばるって、なにをどうがんばるの？　その監督《かんとく》って人《ひと》が、うちを気《き》にいるかどうかなんだろうけど、どうすればいいわけ？　家《いえ》に来《き》たら、おせんべいでもだせばいいの？　映画監督《えいがかんとく》ってどんな人《ひと》なの？」

「そう聞《き》かれても……。ごめん、私《わたし》もなにがなんだか、ぜんぜん、想像《そうぞう》がつかない」

「だよね。けど、小学生《しょうがくせい》って、なんでもかんでも親《おや》がでてくるよね」

「どういう意味《いみ》？」

「だってさ、その映画《えいが》にでるのはうちなんでしょ？　監督《かんとく》はうちに用《よう》があるんでしょ？　なのに、いちいち親御《おやご》さんの許可《きょか》がとか、ご両親《りょうしん》のどちらかが家《いえ》にいる時《とき》にとかって、へんじゃない？　もし、うちじゃだめだってなったら、お父《とう》さんに知《し》られちゃうじゃん。それがいやだ！」

静香《しずか》は心細《こころぼそ》そうだった。

たしかに、お父《とう》さんがそばにいるって、心強《こころづよ》いと受《う》け取《と》るか、うまくいかなかったことがばれちゃうってとるかは紙一重《かみひとえ》かも。

「大丈夫《だいじょうぶ》だよ、静香《しずか》」

そうは言《い》ってみたものの、本当《ほんとう》に、うまくいくのかな？

もし、これだけ大騒《おおさわ》ぎになって、監督《かんとく》が「この子《こ》じゃだめだ」って言《い》いだしたらどうなるの？

だんだん、心配《しんぱい》になってきたんだけど。

「ねえ、静香《しずか》。二谷君《にたにくん》も家《いえ》にくるの？」

「え？　どうなんだろう？　わからない。あ、でも、来《く》るのかな？　え、どっちだ？　そうだ、二谷君《にたにくん》なんかより、未来《みらい》、来《き》てよ！」

「ええ？」

「うち、心細《こころぼそ》い。未来《みらい》にそばにいてほしい！」

静香《しずか》がうったえるような目《め》で私《わたし》を見《み》る。

どうしよう、今日《きょう》はスイミングスクールの日《ひ》なんだけど。

でも、水泳《すいえい》の練習《れんしゅう》している場合《ばあい》？　私《わたし》にも責任《せきにん》があることなんじゃない？

「わかった。放課後《ほうかご》、静香《しずか》の家《いえ》に行《い》くよ」

「未来《みらい》、ありがとう！　大好《だいす》き、助《たす》かる～！」

静香《しずか》が私《わたし》に抱《だ》きついてきた。

ちょっとだけ胸《むね》がいたむ。

だって、私《わたし》は頭《あたま》のどこかで、二谷君《にたにくん》が来《く》る可能性《かのうせい》があるってことは、ひょっとしたら、ひかりも……なんて考《かんが》えていたから。


放課後《ほうかご》。

家《いえ》に帰《かえ》ると、スイミングスクールに「持病《じびょう》の調子《ちょうし》がよくないので休《やす》みます」と電話《でんわ》して、すぐに静香《しずか》の家《いえ》に走《はし》った。

電話《でんわ》にでてくれたのが、大好《だいす》きな安奈先生《あんなせんせい》じゃなくて、受付《うけつけ》の人《ひと》でよかった。

安奈先生《あんなせんせい》にウソつくのは、ちょっときつい。

ひかり、ひょっとしたら、二谷君《にたにくん》といっしょに来《く》るのかもしれない。

会《あ》えるかもしれない！

期待《きたい》を胸《むね》に、静香《しずか》の家《いえ》のチャイムをおすと、おじさんがでてきた。

「あ、未来《みらい》ちゃん。映画監督《えいがかんとく》来《き》てるよ」

足《あし》もとをみると、玄関《げんかん》には、男《おとこ》の子《こ》のくつがあった。

どきんと心臓《しんぞう》が高鳴《たかな》る。ひかり、来《き》ているの？

「とりあえず、あがって」

靴《くつ》をぬぐと、おじさんが苦笑《くしょう》した。

「来《き》てくれてよかったよ。いやあ、あの二谷君《にたにくん》って子《こ》はおもしろいねえ。けど、かんじんな静香《しずか》がさあ」

二谷君《にたにくん》は来《き》ているんだ。で、静香《しずか》は、どうなっているの？

ドタバタとおじさんとリビングにむかうと、監督《かんとく》らしき人《ひと》と静香《しずか》がむかいあって座《すわ》って
いた。

キャップにジャンパー、穴《あな》のあいたジーンズ。

カジュアルだけど、サングラスがちょっとこわそう。

そのとなりには二谷君《にたにくん》が座《すわ》っている。

あいかわらずの、丸《まる》メガネにぼさぼさ天然《てんねん》パーマ。

大《おお》きなハートのかかれたトレーナーの裾《すそ》を、しっかりとズボンにいれてベルトでしめて
いた。

あのハート柄《がら》、ま、まさか、静香《しずか》への気持《きも》ちとかじゃないよね？

なにげなく、まわりを見回《みまわ》すと、ひかりは来《き》てないようだった。

心《こころ》の中《なか》でため息《いき》をつきながら静香《しずか》を見《み》ると、顔《かお》がこわばっている。

私《わたし》に気《き》づくと「未来《みらい》！」と立《た》ち上《あ》がった。

「あ、監督《かんとく》。この子《こ》は未来《みらい》ちゃんっていって、静香《しずか》の親友《しんゆう》です。二谷君《にたにくん》とも修学旅行《しゅうがくりょこう》で友《とも》

だちになったんだよね」

おじさんの言葉《ことば》に「そ、そうです。前田未来《まえだみらい》です」と頭《あたま》をさげた。

監督《かんとく》は、「座《すわ》ってよ」と静香《しずか》のとなりをすすめてくれた。

おじさんと私《わたし》で静香《しずか》をはさむようにすわる。

「遊《あそ》ぶ約束《やくそく》をしてたのかな？」

監督《かんとく》がやさしく聞《き》いてきた。

けど、サングラスがやっぱり、こわい。

「す、すみません、大切《たいせつ》なお話《はなし》の日《ひ》に」

「いやいや、静香《しずか》ちゃん大人《おとな》しい子《こ》だから、未来《みらい》ちゃんが来《き》てくれて助《たす》かったよ」

大人《おとな》しい？

どうやら、さすがの静香《しずか》も、初《はじ》めて会《あ》ったちょっとこわそうな大人《おとな》の前《まえ》で、いつものようにふるまうのは無理《むり》だったみたい。

静香《しずか》とは対照的《たいしょうてき》に、監督《かんとく》のとなりに座《すわ》っている二谷君《にたにくん》はにこにこしていた。

本当《ほんとう》だったら、静香《しずか》の緊張《きんちょう》がこの笑顔《えがお》で、ほぐれそうなんだけど。

ごめん、二谷君《にたにくん》。

その笑顔《えがお》がにこにこというより、へらへらに見《み》えて、監督《かんとく》とはちがう意味《いみ》でこわい！

服《ふく》も、微妙《びみょう》だし。

たぶんだけど、二谷君《にたにくん》、好《す》きな女《おんな》の子《こ》の家《いえ》にきて、舞《ま》い上《あ》がっていない……？

すると、二谷君《にたにくん》がへらへらと口《くち》を開《ひら》いた。

「やあ、未来《みらい》ちゃん、ひさしぶり。遊《あそ》ぶ約束《やくそく》って、静香《しずか》ちゃんとはどんな遊《あそ》びをしているの？」

いきなり、そんな質問《しつもん》!?

あ、でも、静香《しずか》のために、少《すこ》しでも会話《かいわ》を盛《も》りあげようとしているのかも。

じゃあ、ちゃんと答《こた》えなきゃ。

「え、ええと、まあ、2人《ふたり》で、お菓子《かし》食《た》べて、だらだら、しゃべってるかな？」

「へえ、意外《いがい》におばさんなんだね。あ、でも、うちのクラスの女子《じょし》もおばさんっぽいしゃべりかたする子《こ》、いるしね」

サングラスの監督《かんとく》がぷっと吹《ふ》きだす。

そして、二谷君《にたにくん》は、テーブルの上《うえ》のノートを開《ひら》き、「静香《しずか》&《アンド》未来《みらい》＝《イコール》ファミレスのおばさんたち」とメモしていた。

なんなのこの子《こ》！　私《わたし》たちをバカにしてない!?

しかも、ノートにはほかに、「静香《しずか》パパ、静香《しずか》ちゃんにべったり」「緊張《きんちょう》すると語尾《ごび》が弱《よわ》くなる」とか静香《しずか》のことがごちゃごちゃ書《か》かれていた。

横目《よこめ》で静香《しずか》を見《み》ると、なにかにたえるように口《くち》を真一文字《まいちもんじ》にむすんでいる。

まさか、静香《しずか》、なにかしゃべるたびに、メモされたとか？

静香《しずか》は、監督《かんとく》がこわいというより、二谷君《にたにくん》のせいでしゃべれなくなっているとか？

この子《こ》、来《こ》ないほうがよかったんじゃないの？

とにかく、静香《しずか》の心《こころ》をほぐすためにも、会話《かいわ》を盛《も》りあげないと！

「ね、ねえ。二谷君《にたにくん》は、今日《きょう》は監督《かんとく》と2人《ふたり》で来《き》たの？」

「ああ。プロデューサーは監督《かんとく》に一任《いちにん》するって。だから、ぼくと監督《かんとく》の2人《ふたり》で……」

二谷君《にたにくん》が言《い》い終《お》えないうちに、静香《しずか》がさえぎるように小《ちい》さな声《こえ》をだした。

「二谷君《にたにくん》、未来《みらい》はひかりはどうした？　って聞《き》きたいんじゃないかな？」

「え、あ、ひかり？　ひかりは家《いえ》にいるんじゃない？」

家《いえ》？　だったら、来《き》てくれてもいいじゃない！

ひかり、二谷君《にたにくん》をどうにかしてよ！

すると、監督《かんとく》がしゃべりだしてくれた。

「いいねえ、小学生《しょうがくせい》って。交友関係《こうゆうかんけい》がいろいろあるんだな。でも、小学生脚本家《しょうがくせいきゃくほんか》にはびっくりしたよ。コンクールで、一番《いちばん》おもしろかったから、大賞《たいしょう》にしたんだけど。二谷君《にたにくん》、年齢《ねんれい》書いてこなかったんだよ」

「年齢《ねんれい》で落《お》とされたら、たまったものじゃないんで。すべては作戦《さくせん》です」

二谷君《にたにくん》が得意《とくい》げに背筋《せすじ》をのばすと、おじさんも監督《かんとく》も「大《たい》したもんだ」と楽《たの》しそうに笑《わら》った。

けど、私《わたし》と静香《しずか》はひきつるようにしか笑《わら》えない。

だって、会話《かいわ》を盛《も》りあげようとしながらも、結局《けっきょく》、自分《じぶん》が主役《しゅやく》じゃない！

二谷君《にたにくん》が今度《こんど》は、うっとりと話《はな》しだす。

「静香《しずか》ちゃんのお父《とう》さんは家《いえ》でも仕事《しごと》ができるっていいですね。いつでも、静香《しずか》ちゃんのそばにいられる。ご飯《はん》の時《とき》も、おやつの時《とき》も、ここでくつろぐ時《とき》も、お風呂《ふろ》のときも、な、なんちゃって～」

二谷君《にたにくん》は、まるで、自分《じぶん》もこの家《いえ》にずっといて、つねに静香《しずか》のそばにいることを妄想《もうそう》しているようだった。

静香《しずか》は完全《かんぜん》にこわがっている。

ひかり、今《いま》からでもいいから、お願《ねが》い、すぐ来《き》て！

そして、またまた二谷君《にたにくん》がしゃべりだす。

「ぼくの父《ちち》は典型的《てんけいてき》なサラリーマンなんで、夜《よる》と日曜《にちよう》しか家《いえ》にいないんです。でも、日曜《にちよう》はいっしょにＤＶＤ《ディーブイディー》を観《み》ます。映画館《えいがかん》に行《い》くこともあります」

「ほう。お父《とう》さんが映画好《えいがず》きで、二谷君《にたにくん》に、そういう才能《さいのう》が生《う》まれちゃったのか」

おじさんの質問《しつもん》に二谷君《にたにくん》は胸《むね》をはって答《こた》えた。

「いいえ、才能《さいのう》に親《おや》は関係《かんけい》ありません。ぼくが自分《じぶん》で育《そだ》てたんです。ぼくは天才《てんさい》です」

大人《おとな》たちは「すげえな」とおなかをかかえて笑《わら》いだす。

大人《おとな》からすると、二谷君《にたにくん》っておもしろいんだろうけど、あんまり調子《ちょうし》にのらせないでよ。二谷君《にたにくん》、静香《しずか》の家《いえ》に来《き》て舞《ま》い上《あ》がっているだけじゃなく、大賞《たいしょう》をとってかなりいい気《き》になっていない？

君《きみ》が立派《りっぱ》なのはわかったよって言《い》いたくなってくるんだけど。

そして、二谷君《にたにくん》が話《はなし》のついでのように、こう聞《き》いてきた。

「未来《みらい》ちゃんのお父《とう》さんはどんな人《ひと》？」

ちくりと心《こころ》にとげがささる。

「私《わたし》、お父《とう》さんはいないの」

口《くち》にした瞬間《しゅんかん》、監督《かんとく》が「あ」と小《ちい》さく口《くち》をあけた。

ところが、二谷君《にたにくん》は私《わたし》の目《め》を見《み》て、大《おお》まじめに言《い》ってきた。

「じゃあ、そのぶん、がんばらないとね。運命《うんめい》とは戦《たたか》うしかない」

一瞬《いっしゅん》、部屋《へや》がしんと静《しず》まった。

体《からだ》がきゅっとかたまる。

自分《じぶん》がおどろいているのかおこっているのかもよくわからない。

ただ、いい気《き》になっている人《ひと》にそんなこと言《い》われたくない。

二谷君《にたにくん》は、私《わたし》の気持《きも》ちにまったく気《き》づくことなく、静香《しずか》にへらへらとしゃべりかけた。

「ねえ。静香《しずか》ちゃんは未来《みらい》ちゃんと、どんなおしゃべりするの？」

静香《しずか》は黙《だま》りこんでなにも答《こた》えない。

「言《い》えないってことは、こ、恋《こい》バナとか〜？」

二谷君《にたにくん》が1人《ひとり》で照《て》れながら体《からだ》をくねくねさせている。

そして大人《おとな》たちが、ははは と笑《わら》った時《とき》。

「わ……笑《わら》えないんだけど」

となりの静香《しずか》がぼそりと言《い》った。

大人《おとな》がそろって笑《わら》うのをやめ、さすがの二谷君《にたにくん》も表情《ひょうじょう》がかわる。

「静香《しずか》ちゃん、どうしたの？　え、な、なんで笑《わら》えないの？」

「あのさ、二谷君《にたにくん》は、二谷君《にたにくん》なりに、いろいろ気《き》をつかってくれているんだろうけど、うちらからすれば、なんていうか、微妙《びみょう》にムカッとくるんだよね」

静香《しずか》は、いかりをおさえようとしていたけど、体《からだ》がかすかにふるえていた。

「え、ど、どうして？」

二谷君《にたにくん》がおろおろしている。

「二谷君《にたにくん》は、未来《みらい》のことあんまり知《し》らないから、余計《よけい》なこと聞《き》いちゃうのはしかたないけど、そのあとに『こ、恋《こい》バナとか～？』ってへらへらしてるって、どうなのよ？　未来《みらい》は、二谷君《にたにくん》に言《い》われなくても、とっくにいろんなことと戦《たたか》っているし。親友《しんゆう》のうちが一番《いちばん》知《し》ってるんだよ！」

それは、いかりというより、静香《しずか》の真剣《しんけん》なうったえだった。

どうしよう、私《わたし》のことでもあるから、私《わたし》が止《と》めたほうがいいのかな？

けど、静香《しずか》はとうとう爆発《ばくはつ》してしまった。

「うちは、映画《えいが》とか脚本《きゃくほん》とか知《し》らないけど、人《ひと》の気持《きも》ちがわからない人《ひと》にいい作品《さくひん》は作《つく》れないんじゃないの!?」

すると、おろおろしていた二谷君《にたにくん》が真《ま》っ青《さお》になって立《た》ちつくす。

今《いま》の静香《しずか》の言葉《ことば》にすごいショックを受《う》けたんだ。

今度《こんど》は、二谷君《にたにくん》がぷるぷるとふるえだす。

「ぼ、ぼくにいい作品《さくひん》が作《つく》れないっていいたいのかい？　そ、それは、いくら静香《しずか》ちゃんの言葉《ことば》だからってゆるさないぞ」

「許《ゆる》さないってなにを許《ゆる》さないっていうの？　や、やる気《き》なわけ？」

静香《しずか》もだんだん引《ひ》っこみがつかなくなってきたみたいで、ボクサーのまねをして、ファイティングポーズをとりだした。

「うちや未来《みらい》がしゃべるとメモして、気持《きも》ち悪《わる》いんだよ！」

「それは台本《だいほん》の直《なお》しの時《とき》に、参考《さんこう》になると思《おも》って。静香《しずか》ちゃんのしゃべりかたとかマスターしたいし」

「うちのしゃべりかたなんか、マスターしなくていい！　写真《しゃしん》も勝手《かって》に撮《と》ったくせに」

「自然《しぜん》な姿《すがた》がほしかったんだよ！　う、ううう〜！」

二谷君《にたにくん》も完全《かんぜん》に自分《じぶん》を見失《みうしな》って、歯《は》ぎしりをしながら、同《おな》じポーズをとりだした。

ちょ、ちょっと、どうしよう、どうすればいいの？

ひかり、なんで来《き》てくれなかったの？

おじさんは「あ、あの、あれと」とあたふたしているだけだし。

監督《かんとく》もあぜんとしている……と、思《おも》ったけど、ちがった。

ボクサーのまねごとをしている静香《しずか》の顔《かお》を、食《く》いいるようにじっと見《み》ていた。

パン！　監督《かんとく》が手《て》をたたいた。

「子供《こども》のけんかはそこで終了《しゅうりょう》！」

静香《しずか》と二谷君《にたにくん》がはっと我《われ》にかえると、監督《かんとく》は床《ゆか》に置《お》いていたリュックを持《も》ちあげた。

これって、子供《こども》のけんかに呆《あき》れて、帰《かえ》りじたくをはじめているってこと？

二谷君《にたにくん》がまさかの最悪《さいあく》な結果《けっか》に「そんな」と小《ちい》さな声《こえ》をだした。

静香《しずか》も「え」と足尾銅山《あしおどうざん》のろう人形《にんぎょう》のようにかたまっている。

ひかり、大丈夫《だいじょうぶ》って言《い》ってたじゃない！　もう、今《いま》すぐ来《き》てよ！

すると、監督《かんとく》はリュックを開《あ》け、一冊《いっさつ》の台本《だいほん》を取《と》りだしテーブルに置《お》いた。

「撮影《さつえい》は今度《こんど》の連休《れんきゅう》だ。静香《しずか》ちゃん、ぼくたちに協力《きょうりょく》してもらえるかな？　戦《たたか》う顔《かお》がかわいい子《こ》ってなかなかいないんだよ」

静香《しずか》はなにがなんだかわからず「え？　え？」とおじさんや私《わたし》をみている。

私《わたし》も狐《きつね》につままれたような気分《きぶん》だ。

二谷君《にたにくん》もあぜんとしていた。

けど、状況《じょうきょう》がわかると、「やった〜！　ぼくの目《め》に狂《くる》いはなかった」と何度《なんど》も飛《と》び上《あ》がる。

台本《だいほん》には「クライシスなお嬢様《じょうさま》」と書《か》かれていた。

クライシスってたしか『危機《きき》』って意味《いみ》だよね。

どんな映画《えいが》になるんだろう？

9章《しょう》

想《おも》いは空《から》まわり

家《いえ》に帰《かえ》るなり、走《はし》ってリビングに行《い》き、受話器《じゅわき》をつかむ。

ひかりに電話《でんわ》して文句《もんく》を言《い》ってやりたい。なんとか、静香《しずか》に決《き》まったけど、二谷君《にたにくん》には困《こま》ったって！　大変《たいへん》だったって！

家《いえ》にいるんだったら、助《たす》けに来《き》てよって。

おじさんは、２人《ふたり》が帰《かえ》ったあと、「いやあ、おもしろいなあ二谷君《にたにくん》。天才《てんさい》キッズっていうのはああなんだろうな」って笑《わら》っていたけど、私《わたし》はそんなのんきに考《かんが》えられない。

あんな変《へん》な子《こ》の計画《けいかく》に静香《しずか》をのせちゃって大丈夫《だいじょうぶ》なの？

いかりまかせにボタンを押《お》していく。けど、途中《とちゅう》でできなくなった。

ひかり以外《いがい》の人《ひと》がでたら、どうしよう。

そこに気《き》づくと急《きゅう》におじけづいてしまう。

首《くび》をぶんぶんとふった。私《わたし》はまちがってない。とにかく、ひかりに文句《もんく》を言《い》わないと。

ひかり以外《いがい》の人《ひと》がでたら、そのときはそのときだ。

覚悟《かくご》を決《き》めて、ボタンを押《お》すと、呼《よ》びだし音《おん》が鳴《な》りだした。

「未来《みらい》？」

でたのは偶然《ぐうぜん》にもひかりだった。

「う、うん、私《わたし》」

「よかった　番号《ばんごう》でそうだと思《おも》ったんだけど、言《い》った瞬間《しゅんかん》ぜんぜん、ちがったらってあせったよ。『瑠璃子《るりこ》、これはお兄《にい》ちゃんにかかってきた電話《でんわ》だから、ごめんな』」

途中《とちゅう》から、ひかりの声《こえ》がかわった。

瑠璃子《るりこ》ちゃんっていうのは妹《いもうと》で、きっとそばにいるんだ。

それは私《わたし》の知《し》らなかった、妹《いもうと》と話《はな》すお兄《にい》ちゃんのひかりだった。

自分《じぶん》の知《し》らないひかりを感《かん》じられたことがちょっとうれしい。

でも、今《いま》までお兄《にい》ちゃんのひかりを知《し》ることができなかったという寂《さび》しさもある。

私《わたし》とひかりにはやっぱり距離《きょり》がある。

「わりい！　瑠璃子《るりこ》、今《いま》、自分《じぶん》の部屋《へや》に行《い》ったから。友《とも》だちからかかってくるらしくて待《ま》っていたんだよ」

「そうなんだ。あ、監督《かんとく》がさっき静香《しずか》の家《いえ》に来《き》た」

「そうだ、その日《ひ》だ。で、どうだった？」

「どうだったって、静香《しずか》に決《き》まったみたいだけど……」

すると、ひかりが急《きゅう》にだまりこむ。

どうしたの？　と言《い》いかけるまえに大《おお》きな声《こえ》が聞《き》こえてきた。

「やった〜！　今《いま》ごろ、二谷《にたに》もガッツポーズだな。ちょっと家《いえ》に行《い》ってみるか！」

ひかりは今《いま》にも私《わたし》との電話《でんわ》を切《き》って二谷君《にたにくん》に会《あ》いに行《い》きそうだった。

「ちょっと、待《ま》って。一《ひと》つ納得《なっとく》できないことが」

「え？　なんかあった？」

「二谷君《にたにくん》って、どうなの？」

「へ？」

「な、なんていうのかな。個性的《こせいてき》っていうか、天才《てんさい》すぎてかわりものっていうか」

言《い》いたいことがうまく言《い》えない自分《じぶん》がもどかしい。

すると、ひかりが楽《たの》しそうに笑《わら》った。

「すごいだろ、あいつ。喘息持《ぜんそくも》ちでゲホゲホしてたりもするのに、自分《じぶん》の作品《さくひん》になると、すげえパワーでおかしいぐらいだろ」

ひかりの声《こえ》の明《あか》るさにあっけにとられてしまう。

おかしいぐらいって、こっちはちっともおかしくない！

「あいつ、このまえ、いきなり、ファミレスに連《つ》れて行《い》ってくれたんだよ。小学生《しょうがくせい》２人《ふたり》でファミレスってすごくないか？　賞金《しょうきん》もらったからって、スカイツリーみたいなパフェおごってくれたよ！　１人占《ひとりじ》めしないところがえらいよな」

ひかりは楽《たの》しそうに笑《わら》っていた。

ショックだった。

ひかりは二谷君《にたにくん》が大好《だいす》きなんだ。

パフェなんかでごまかされないでよって思《おも》ったけど、これじゃ口《くち》にはだせない。

すると、電話《でんわ》から変《へん》な音《おと》が聞《き》こえてきた。あれ、これ、なんだっけ？

「未来《みらい》、瑠璃子《るりこ》の友《とも》だちから電話《でんわ》かかってきた、ごめん。いったん、切《き》る」

「え……」

瑠璃子《るりこ》ちゃんを呼《よ》ぶ声《こえ》がして、わりいとかごめんとか言《い》われて電話《でんわ》は切《き》られてしまった。

受話器《じゅわき》を置《お》くと、力尽《ちからつ》きたようにソファに座《すわ》りこむ。

日曜日《にちようび》はここにひかりがいたんだな。

そう考《かんが》えると、ひざに置《お》いた手《て》に、涙《なみだ》が一《ひと》つ二《ふた》つとこぼれ落《お》ちてきた。

私《わたし》、なにやっているんだろう。

主役《しゅやく》は無事《ぶじ》、静香《しずか》に決《き》まったけど、ひかりに文句《もんく》言《い》わなきゃって、本当《ほんとう》は、なんでもいいから理由《りゆう》を作《つく》って少《すこ》しでも話《はな》したいってだけじゃない。

スイミングスクール休《やす》んだのだって、静香《しずか》に来《き》てってたのまれたことより、ひかりに会《あ》えるかもって思《おも》ったからで。

ひかりに会《あ》いたい、話《はな》したいって気持《きも》ちが強《つよ》くなればなるほど、1人《ひとり》で空《から》まわりしてくるよ。

そして、ひかりからはなんの連絡《れんらく》もないまま静香《しずか》の撮影《さつえい》をする連休《れんきゅう》がやってきた。

昨日《きのう》、学校《がっこう》からの帰《かえ》り道《みち》、「龍斗《りゅうと》に見《み》てもらうために、うちはがんばるよ」って言《い》った静香《しずか》の顔《かお》はりりしかった。

たぶん、今《いま》ごろはがんばっていると思《おも》う。

なにをどうがんばっているのか、私《わたし》には想像《そうぞう》もつかない世界《せかい》だけど。

このまえスイミングスクール、欠席《けっせき》しちゃったから、今日《きょう》は個人練習《こじんれんしゅう》をしようと、区営《くえい》プールにむかった。

ポストを開《あ》けると、ひかりからの手紙《てがみ》ははいっていない。

ふうとため息《いき》をつきながら、歩《ある》きだす。

休《やす》みだから、プール混《こ》んでいるかな？

今日《きょう》は、行《い》きはバスで帰《かえ》りは歩《ある》きにしようと、バス停《てい》に立《た》つ。

すると……。

「あれ？　前田《まえだ》さん？」

声《こえ》のするほうに顔《かお》をむけると、となりに、同《おな》じクラスの風見紫苑《かざみしおん》さんと青山君《あおやまくん》がいた。

青山君《あおやまくん》がにぎっていた風見《かざみ》さんの手《て》をそっとはなす。

人《ひと》のことなのに、人《ひと》のことだからこそ、心臓《しんぞう》が高鳴《たかな》りだす。

やだ、また、すごいものを見《み》てしまった。

この2人《ふたり》、修学旅行《しゅうがくりょこう》でも、一瞬《いっしゅん》だけにぎっていたんだよね。

「こ、こんにちは。2人《ふたり》でおでかけ？」

なんで、私《わたし》が緊張《きんちょう》しないといけないんだろう。

「うん。区民《くみん》ホールで中高生《ちゅうこうせい》の吹奏楽部《すいそうがくぶ》が集《あつ》まってコンサートやるから、聴《き》きに行《い》くの」

風見《かざみ》さんが説明《せつめい》してくれた。前下《まえさ》がりに切《き》られたボブが今日《きょう》は一段《いちだん》とにあっている。

「チャリティコンサートだから、鑑賞後《かんしょうご》に募金《ぼきん》しないといけないんだけど。小学生《しょうがくせい》でお小《こ》遣《づか》い少《すく》ないから、ちょっとで許《ゆる》してもらおうね」

足《た》りない部分《ぶぶん》を青山君《あおやまくん》が補足《ほそく》し、風見《かざみ》さんが「うん」とほほ笑《え》む。

「いいね、共通《きょうつう》の趣味《しゅみ》があって」

風見《かざみ》さんはピアノが上手《じょうず》だし、青山君《あおやまくん》は合唱《がっしょう》の指揮《しき》ができる。

「前田《まえだ》さんは、どこに行《い》くの？」

青山君《あおやまくん》が聞《き》いてきた。

「水泳《すいえい》の個人練習《こじんれんしゅう》」

「スイミングスクール通《かよ》ってるんだよね。あ、バスが来《き》た。いっしょに座《すわ》ろう！」

風見《かざみ》さんにさそわれ、３人《にん》で一番《いちばん》うしろの座席《ざせき》にならんだけど、ちょっとだけ居心地《いごこち》が悪《わる》かった。

風見《かざみ》さんと青山君《あおやまくん》は、いつも、びっくりするぐらい自然《しぜん》に２人《ふたり》で行動《こうどう》している。

うらやましいって、思《おも》うのは、よくないのかな……。

私《わたし》のほうが先《さき》にバスからおりることになり、２人《ふたり》に手《て》をふって区民《くみん》プールにむかった。

心《こころ》の奥《おく》のざらつきを、泳《およ》いですっきりさせよう。

ところが……。

「なんだよ、休《やす》みかよ」

温水《おんすい》プールから引《ひ》きかえしてくる人《ひと》が何人《なんにん》もいた。

入《い》り口《ぐち》に下水道《げすいどう》の故障《こしょう》により、本日《ほんじつ》、明日《あす》と閉館《へいかん》させていただきます。と貼《は》り紙《がみ》がしてあった。

ウソ……。がっくりと肩《かた》を落《お》とす。

空《そら》を見《み》あげると、気持《きも》ちいいぐらいの晴天《せいてん》で、それが逆《ぎゃく》に悲《かな》しくなってきた。

静香《しずか》は今《いま》ごろ、新《あたら》しい挑戦《ちょうせん》をしていて、風見《かざみ》さんはデートで、私《わたし》は……なにしているんだろう。

とぼとぼと家《いえ》まで歩《ある》き、ポストをのぞく。

ひかりからの手紙《てがみ》ははいってなかった。

今度《こんど》は、いつ会《あ》えるの？

10章《しょう》 気《き》づかれてもいいんじゃない？

連休明《れんきゅうあ》けの朝《あさ》。

撮影《さつえい》の話《はなし》が聞《き》きたくて、静香《しずか》をさがしながら学校《がっこう》にむかう。

すると、うしろから、「未来《みらい》！」って声《こえ》が聞《き》こえてきた。

ふりむくと、龍斗《りゅうと》だった。

「おはよう」

「あのさ、静香《しずか》のことで、ちょっと聞《き》きたいことがあるんだけど」

「え？」

「あいつ、連休《れんきゅう》まえの掃除《そうじ》の時間《じかん》にさ、いきなり『うちは連休《れんきゅう》で生《う》まれかわるから』って言《い》ってきたんだけどさ」

「ええ？」

「いや、あいつ、もともとなに言《い》いだすかわからないところがあるから、あんまり気《き》にすることないんだけど。ただ、やたら、気迫《きはく》があったから、なんだろなって」

静香《しずか》、龍斗《りゅうと》にそんなこと言《い》ったんだ。

でも、気持《きも》ち、わかるかも。

きっと、撮影《さつえい》に挑《いど》むために、龍斗《りゅうと》に宣言《せんげん》して、自分《じぶん》に気合《きあ》いをいれたかったんだ。

「そのうち、わかったりして」

「未来《みらい》は、知《し》ってるのかよ。じゃあ、教《おし》えてくれよ」

「それは私《わたし》からじゃなくて、静香《しずか》から話《はな》すことかな」

すると、龍斗《りゅうと》との間《あいだ》に一瞬《いっしゅん》、奇妙《きみょう》な沈黙《ちんもく》がおりた。

まさか、今《いま》の私《わたし》の言《い》いかたって、静香《しずか》はそのうちあなたに気持《きも》ちを打《う》ち明《あ》けますよってとられちゃった？　考《かんが》えすぎだよね……。

けど、龍斗《りゅうと》がいきなり話題《わだい》をかえてきた。

「父《とう》さんがさ、未来《みらい》のお母《かあ》さんが載《の》っているページ、折《お》っているんだよね」

「え？」

「ほら、例《れい》の健康雑誌《けんこうざっし》だよ。おばさん、インタビューされてたじゃん。疲《つか》れがたまってるから、一度《いちど》行《い》ってみたいらしいんだけど、照《て》れくさいって迷《まよ》ってるんだよ。あれって、服《ふく》ぬいで、肌《はだ》にオイルを直接塗《ちょくせつぬ》るんだろ？　息子《むすこ》のクラスメイトのお母《かあ》さんじゃなくて、まったく知《し》らない人《ひと》がいいらしいんだよな」

龍斗《りゅうと》が笑《わら》いながらしゃべると、はっとした。

ひかりのお父《とう》さんは、私《わたし》のお母《かあ》さんが載《の》っていたページを折《お》っていて、ひかりが、それをきくと、わざわざページをもとにもどしたって言《い》っていた。

私《わたし》はそれがあやしいって考《かんが》えていたけど、ちがうのかも。

ひかりのお父《とう》さんも龍斗《りゅうと》のお父《とう》さんのように、お母《かあ》さんのアロママッサージを一度《いちど》受《う》けてみたかった。

けど、女《おんな》の人《ひと》に肌《はだ》にふれられるのが急《きゅう》にはずかしくなって、ひかりに聞《き》かれても、ごまかしちゃったのかもしれない。

「なんだよ、未来《みらい》、だまりこんで」

「ううん。あ、お母《かあ》さんだと照《て》れくさかったら、サロンにはほかにもセラピストいるから」

「でも、前田《まえだ》さん以外《いがい》でお願《ねが》いしますっていうのもへんだよな」

「ぜんぜん！　お店《みせ》の利益《りえき》はお母《かあ》さんの利益《りえき》でもあるし」

「しっかりしているなあ」

龍斗《りゅうと》が楽《たの》しそうに笑《わら》った。


教室《きょうしつ》にはいると、真《ま》っ先《さき》に静香《しずか》をさがした。

撮影《さつえい》がうまくいったかどうかが、すごく気《き》になる。

ところが、静香《しずか》の姿《すがた》は見当《みあ》たらず、チャイムが鳴《な》り、若林先生《わかばやしせんせい》がやってきてしまった。

静香《しずか》、休《やす》みとか？　撮影《さつえい》が終《お》わらなかったってこと？

起立《きりつ》、礼《れい》のあと、先生《せんせい》がしゃべりだす。

「みんな、連休《れんきゅう》はどうだった？　宿題《しゅくだい》やったか？」

若林先生《わかばやしせんせい》が話《はな》しだすと、「す、すみません。寝坊《ねぼう》しました」と、教室《きょうしつ》のうしろにだれかがはいってきた。

静香《しずか》だった。

目《め》がはれぼったい。あれ、やせた？　え、でも、二日《ふつか》で体重《たいじゅう》ってかわる？

「なんだ、鈴原《すずはら》。テーマパークにでも行《い》って、はしゃぎすぎたって顔《かお》だな」

先生《せんせい》の声《こえ》に教室中《きょうしつじゅう》が笑《わら》い声《ごえ》につつまれる。

静香《しずか》は、反論《はんろん》をする気力《きりょく》もないといったふうで、そのまま自分《じぶん》の席《せき》につき、私《わたし》のほうをちらりと見《み》て、へへと無理《むり》に笑《わら》っていた。

まさか、撮影《さつえい》がうまくいかなくて、一晩中《ひとばんじゅう》泣《な》いていたとか？

今《いま》すぐ、かけよって聞《き》きたいけど、それはできないし。

「先生《せんせい》、静香《しずか》のこと言《い》えないんじゃないですか？　僕《ぼく》たちの情報網《じょうほうもう》は早《はや》いですよ。連休中《れんきゅうちゅう》にうららさんとファミレスで密会《みっかい》していたって、もう、みんな知《し》っていますよ」

男《おとこ》の子《こ》がおもしろがってしゃべると、みんながどっと盛《も》りあがる。

私《わたし》は、そんなことより、疲《つか》れきっている静香《しずか》が心配《しんぱい》だよ。

「こら。密会《みっかい》なんてくだらない言葉《ことば》は使《つか》うな。修学旅行《しゅうがくりょこう》の写真《しゃしん》を渡《わた》す用事《ようじ》があったんだ。うるさいおまえらに三日間《みっかかん》もつきあってくれたんだぞ。コーヒーぐらいごちそうしないと申《もう》し訳《わけ》ないだろ」

先生《せんせい》の正々堂々《せいせいどうどう》とした態度《たいど》に、みんなのひやかしがとびながらも、そのまま授業《じゅぎょう》になった。

静香《しずか》が疲《つか》れきった顔《かお》で、教科書《きょうかしょ》を開《ひら》く。

私《わたし》は目《め》をこすった。

だって、静香《しずか》、疲《つか》れているのに、まぶしくも見《み》える。どうして？

休《やす》み時間《じかん》になると、静香《しずか》とだれもいない理科室《りかしつ》の前《まえ》まで行《い》った。

だれにも聞《き》かれたくないっていう静香《しずか》の気持《きも》ちの表《あらわ》れだ。

息《いき》をのんで聞《き》いてみた。

「どうだった？」

「最悪《さいあく》！」

静香《しずか》がうでをくんで、なにかを蹴《け》っ飛《と》ばすぐらいのいきおいで言《い》った。

「ど、どう、最悪《さいあく》だったの？」

「なんどもなんどもやらせるの！　あれは、しごき、いやがらせ！」

「ええ？」

静香《しずか》が急《きゅう》に監督《かんとく》の口調《くちょう》を真似《まね》しだした。

「いいかい、静香《しずか》ちゃん。そこで、セリフの半分《はんぶん》までしゃべったら、走《はし》りだして、次《つぎ》の立《た》ち位置《いち》まで行《い》って、残《のこ》りしゃべる。いいね、いくよ」

よくわからないけど、すごく難《むずか》しいことを要求《ようきゅう》されたってことは伝《つた》わってきた。

「それって、すぐにできるものなの？」

「できるわけないじゃん！　なんどやらされたかもわかんないよ！　うち、セリフはお父《とう》さんを相手《あいて》にして完璧《かんぺき》に覚《おぼ》えたの。でもね、あんなぐちゃぐちゃ要求《ようきゅう》されたら、ぜんぶ、忘《わす》れるよ！」

「じゃあ、どうしたの？」

「二谷《にたに》が来《き》ていて、あ、もういいや、くんつけなくて、呼《よ》び捨《す》てで。あいつが、セリフいいやすくしたりとか、あとはもう、くりかえしくりかえしやるんだよ。うち、もう、いやだって泣《な》きだしたんだ。そしたら、『泣《な》いても叫《さけ》んでも、静香《しずか》ちゃんができるまで、ここにいる人《ひと》たち全員《ぜんいん》かえれないよ』って、こわい顔《かお》でおどすんだよ！　ひどいよ！」

思《おも》わず両手《りょうて》を口《くち》に当《あ》てた。すさまじい状況《じょうきょう》だったんだ。

「で、さいごまで撮《と》り終《お》えたの？」

「らしい」

「すごいじゃない！」

「ちっともすごくない！　うち、あんなに難《むずか》しいことばかり言《い》われるなら、引《ひ》き受《う》けなきゃよかった！　すごいへたくそでぶざまな姿《すがた》をカメラに収《おさ》められて、あれが全国《ぜんこく》に配信《はいしん》されると思《おも》うと、山奥《やまおく》にとじこもりたくなる！　龍斗《りゅうと》に自分《じぶん》を見《み》てもらうとか言《い》っていたけど、いやだ！　死《し》んでも見《み》られたくない。イメチェンどころか、うちのバカさを強調《きょうちょう》するだけだよ。ちゃんと、撮影現場《さつえいげんば》に持《も》っていったのに〜」

静香《しずか》がポケットからわんぱ君《くん》を取《と》りだし、赤《あか》ちゃんのように泣《な》きだした。

弱《よわ》ったなあ、出演《しゅつえん》、すすめなきゃよかったのかな？

でも、これだけ文句《もんく》言《い》っているってことは、がんばったってことでもあるよね。

静香《しずか》がわんぱ君《くん》をしまった時《とき》だった。

ガラガラ。

とつぜん、だれもいないと思《おも》っていた理科室《りかしつ》のドアが開《ひら》き、ぬっと骸骨《がいこつ》の模型《もけい》がでてきた。

「キャー」

静香《しずか》が抱《だ》きついてきた。なんと、模型《もけい》を持《も》っていたのは龍斗《りゅうと》だった！

「2人《ふたり》とも、そんなおどろいた顔《かお》するなよ。先生《せんせい》にたのまれたんだよ、これ教室《きょうしつ》に持《も》ってきてくれって」

そっか、次《つぎ》の授業《じゅぎょう》って理科《りか》で、人体《じんたい》の特別授業《とくべつじゅぎょう》するんだっけ？

ぎゅっと静香《しずか》が私《わたし》のうでをにぎりしめる。

私《わたし》と静香《しずか》は今《いま》、同《おな》じことをおそれている。

それは、龍斗《りゅうと》が、今《いま》の話《はなし》を聞《き》いていたかどうかってこと。

「未来《みらい》と静香《しずか》ってカップルみたいだな」

龍斗《りゅうと》がふっと笑《わら》って、教室《きょうしつ》にむかった。

「未来《みらい》、今《いま》の、聞《き》かれたかな？　聞《き》かれてたら、どうしよう？　やっぱり、うちは当分《とうぶん》、山奥《やまおく》にとじこもるしかないんだ〜」
私《わたし》はパニックになっている静香《しずか》に「たぶん、聞《き》こえてないよ」と言《い》うしかなかった。
龍斗《りゅうと》、今《いま》の聞《き》いていたの？
静香《しずか》の気持《きも》ちにうすうす気《き》づいているの？
だったら、映画《えいが》を見《み》てあげてほしい。
静香《しずか》は見《み》られたくないって言《い》っているけど、私《わたし》は静香《しずか》の想《おも》いが龍斗《りゅうと》に届《とど》く気《き》がする。
だって、龍斗《りゅうと》、なんだかんだ言《い》って静香《しずか》と仲《なか》がいいし。
うまくいくんじゃないかな？

そして、数日後《すうじつご》。
郵便《ゆうびん》ポストに待《ま》ちに待《ま》ったものがはいっていた。

未来《みらい》へ
撮影《さつえい》は大変《たいへん》だったけど、大成功《だいせいこう》でもあったらしい。
○月《がつ》×日《にち》、制作会社《せいさくがいしゃ》で試写会《ししゃかい》をやるんだって。
おれも行《い》くから、未来《みらい》も静香《しずか》と来《き》てくれよ！

ひかり

11章《しょう》　ずっと、このまま……。

「しっかりしろよ、静香《しずか》。顔色《かおいろ》がよくないぞ」

地下鉄《ちかてつ》の吊革《つりかわ》につかまりながら立《た》っている龍斗《りゅうと》が笑《わら》った。

私《わたし》のとなりに座《すわ》っている静香《しずか》は、今《いま》にも電車《でんしゃ》の中《なか》で泣《な》きそうだ。

今日《きょう》は、試写会《ししゃかい》なので、学校《がっこう》が終《お》わって、私《わたし》、静香《しずか》、龍斗《りゅうと》の３人《にん》で、駅《えき》で待《ま》ち合《あ》わせをした。

静香《しずか》は、昨日《きのう》まで龍斗《りゅうと》をさそうかどうかずっと迷《まよ》っていた。

自分《じぶん》があまりにもみっともない姿《すがた》でうつっていたら、龍斗《りゅうと》には見《み》られたくない。

でも、私《わたし》が、『龍斗《りゅうと》に自分《じぶん》を見《み》てほしい気持《きも》ちでがんばったんでしょ？』って言《い》ってみると、静香《しずか》は一《ひと》つのかけにでた。

当日《とうじつ》、いきなり、さそってみて、龍斗《りゅうと》がどう答《こた》えるかというかけに。

とつぜん、今日《きょう》の放課後《ほうかご》、知《し》らない場所《ばしょ》に行《い》くってなったら、龍斗《りゅうと》がどう答《こた》えるか、私《わたし》も想像《そうぞう》がつかなかった。

昇降口《しょうこうくち》で龍斗《りゅうと》をつかまえると、「おもしろそうだな。3人《にん》で行《い》ってみるか」と答《こた》えた。

もしかしたら、静香《しずか》と龍斗《りゅうと》、うまくいくかもしれない。

私《わたし》も、ひかりと会《あ》える！

制作会社《せいさくがいしゃ》のある駅《えき》のホームにおりると、息《いき》をのんだ。何種類《なんしゅるい》もの路線《ろせん》が重《かさ》なっていて、たくさんの大人《おとな》が忙《いそが》しそうに歩《ある》いている。

私《わたし》たちみたいに、どこの階段《かいだん》？　どの出口《でぐち》？　と、きょろきょろしている子供《こども》は邪魔《じゃま》でしかない。

静香《しずか》が、関係者《かんけいしゃ》からもらった地図《ちず》を、龍斗《りゅうと》にわたした。

「B《ビー》5出口《でぐち》か。あっちだ！」

私《わたし》と静香《しずか》は、あとについていった。

龍斗《りゅうと》に来《き》てもらってよかった。私《わたし》と静香《しずか》だけだったらたどりつかなかったかも。

「お父《とう》さんが、会社《かいしゃ》ばかりの町《まち》だから、わかりにくいかもって心配《しんぱい》していた」

静香《しずか》が龍斗《りゅうと》の背中《せなか》に話《はな》しかける。

「おじさんに来《き》てもらえばよかったのに」

そう言《い》った龍斗《りゅうと》の声《こえ》は、静香《しずか》をあきらかに子供《こども》あつかいしていた。

「仕事《しごと》のあとに来《く》るって。別《べつ》に来《こ》なくてもよかったんだよ」

「でも、撮影中《さつえいちゅう》、おじさんずっといたんだろ」

「い、一日目《にちめ》だけだよ」

静香《しずか》がほほをふくらませた。

B《ビー》5っていう出口《でぐち》を抜《ぬ》け階段《かいだん》を上《のぼ》り、地上《ちじょう》にでると、今度《こんど》は高層《こうそう》ビル街《がい》に圧倒《あっとう》された。

家《いえ》とか子供《こども》とか、生活《せいかつ》を感《かん》じさせるものがどこにもない。

大人《おとな》はたくさん歩《ある》いているけど、この人《ひと》たちはここに住《す》んでいるんじゃなくて、働《はたら》きに来《き》ているんだ。

「ビルばっかりだ。静香《しずか》が芸能界《げいのうかい》デビューしなかったら、来《く》ることなかっただろうな」

龍斗《りゅうと》が周囲《しゅうい》の風景《ふうけい》と地図《ちず》を照《て》らしあわせる。

「デビューとかそんなおおげさなものじゃない！」

「生《う》まれかわったんだろ。デビューだよ」

静香《しずか》が「ううう」という声《こえ》をもらす。

自分《じぶん》がどううつっているかわからないし、子供《こども》がいないビルだらけの町《まち》で、静香《しずか》の不安《ふあん》がどんどん大《おお》きくなっているのがよくわかった。

でも、不謹慎《ふきんしん》だけど、私《わたし》は、制作会社《せいさくがいしゃ》が近《ちか》くなればなるほど、胸《むね》が高鳴《たかな》っていく。

もうちょっとで、ひかりに会《あ》えるんだ。

「ここから、そんな遠《とお》くない。このまままっすぐ歩《ある》いて、二《ふた》つ目《め》を曲《ま》がれば、たぶん……」

龍斗《りゅうと》についていくと、私《わたし》たちの目指《めざ》していたビルが目《め》の前《まえ》に現《あらわ》れた。

まわりのビルに比《くら》べると、小《ちい》さいけど、3、4階《かい》に「映像会社《えいぞうがいしゃ》」って看板《かんばん》が見《み》えた。

「ここでまちがいないんだけど、はいっていいのかな？」

龍斗《りゅうと》の言《い》うとおり、子供《こども》3人《にん》で、ビルにはいっていいのか、エレベーターに乗《の》っていいのか、ちょっと迷《まよ》う。

「主演女優《しゅえんじょゆう》、お迎《むか》えはないのかよ」

「そんなのないよ」

龍斗《りゅうと》の冗談《じょうだん》に静香《しずか》がむくれた時《とき》。

「未来《みらい》！」

声《こえ》ですぐにわかった。うれしくてたまらなくなってふりむくと、ひかりがいた。

うしろには大《おお》きなスペードの描《か》かれた服《ふく》の裾《すそ》を、ズボンにいれた二谷君《にたにくん》もいる。

「ひ、ひさしぶり」

反射的《はんしゃてき》にそう言《い》ったけど、声《こえ》がうわずってしまったかもしれない。

神様《かみさま》がいるなら、どのタイミングでひかりに会《あ》えるか、登場《とうじょう》するのか伝《つた》えてほしい。

だって、心《こころ》の準備《じゅんび》をしないと1人《ひとり》であわてるだけになってしまう。

「静香《しずか》、大変《たいへん》だったんだってな。あ、藤岡《ふじおか》も来《き》てくれたんだ！　サンキュー！」

ひかりが2人《ふたり》に声《こえ》をかけ、和《なご》やかな雰囲気《ふんいき》に包《つつ》まれる。

ところが、二谷君《にたにくん》の表情《ひょうじょう》が急《きゅう》にかわった。

「で、君《きみ》、だれ？」

龍斗《りゅうと》をななめに見《み》あげ、メガネの奥《おく》が不気味《ぶきみ》にひかる。

ひかりがあわてて二谷君《にたにくん》に龍斗《りゅうと》を紹介《しょうかい》した。

「藤岡《ふじおか》のこと話《はな》したことなかったっけ？　未来《みらい》と静香《しずか》と同《おな》じクラスで、コンドルズっていうサッカーチームのキャプテンでさ」

二谷君《にたにくん》がメガネのブリッジに指《ゆび》をあてた。

「たしか、静香《しずか》ちゃんを含《ふく》め、４人《にん》で遊園地《ゆうえんち》に行《い》ったとか」

「それだよ、それ！」

私《わたし》は静香《しずか》ちゃんを含《ふく》めって言葉《ことば》がちょっとひっかかった。

「おれ、藤岡龍斗《ふじおかりゅうと》。さそわれてついてきちゃったんだけど、邪魔《じゃま》だったかな」

龍斗《りゅうと》が、二谷君《にたにくん》の面倒《めんどう》くさい性格《せいかく》に気《き》づいたのか、やわらかい表情《ひょうじょう》であいさつをした。

でも、二谷君《にたにくん》はなにも答《こた》えずに、じっと龍斗《りゅうと》を上《うえ》から下《した》まで観察《かんさつ》している。

私《わたし》は、思《おも》いださずにはいられなかった。

二谷君《にたにくん》と静香《しずか》の出会《であ》いを。初対面《しょたいめん》の静香《しずか》にいきなり「どろ、にあうね」と言《い》ったことを。

二谷君《にたにくん》のくせのある言動《げんどう》にだれよりも理解《りかい》のあるひかりも、はらはらとしている。

そして、二谷君《にたにくん》が口《くち》を開《ひら》いた。

「龍斗君《りゅうとくん》、君《きみ》、かっこいいね」

一瞬《いっしゅん》、みんな、あっけにとられ、夕方《ゆうがた》のビル風《かぜ》がひゅーっとふきぬけていく。

「あはは、そっか。じゃあ、おれも、今度《こんど》、君《きみ》の映画《えいが》に使《つか》ってくれよ」

龍斗《りゅうと》が笑《わら》うと、二谷君《にたにくん》は「かっこいいと、俳優《はいゆう》としていいとはちがうんだよ」と、また、なんか、むずかしいことをぶつぶつと言《い》っていた。

「とにかく、さっさと行《い》こうぜ！」

ひかりがみんなをひっぱってエレベーターに乗《の》せる。

「ひかりは、二谷君《にたにくん》と来《き》たことあるんだもんね」

「まあね」

エレベーターの中《なか》はぎゅうぎゅうで、ひかりのすぐとなりにいることができた。

うれしかった。エレベーターが故障《こしょう》したらいいのに。

このまま、ずっとそばにいたい。

3階《かい》でエレベーターをおり、ドアを開《あ》けると、小《ちい》さなスクリーンがあった。

ホームシアターみたい。

「みんな、いっせいに到着《とうちゃく》か。じゃあ、はじめるか」

監督《かんとく》が投影機《とうえいき》から顔《かお》をあげる。

今日《きょう》も、キャップとジーンズだけど、サングラスをしていないので、やさしく見《み》えた。

ほかにも30人《にん》ぐらいの大人《おとな》がいて、次々《つぎつぎ》と静香《しずか》に「元気《げんき》ないね」「今日《きょう》はしごかれないから安心《あんしん》しろよ」と親《した》しげ声《こえ》をかける。

たぶん、静香《しずか》の話《はな》していた撮影《さつえい》スタッフっていう人《ひと》たちと、大人《おとな》の出演者《しゅつえんしゃ》じゃない？

「見《み》るほうが、緊張《きんちょう》します〜」

静香《しずか》が泣《な》きそうな顔《かお》で答《こた》えると、大人《おとな》みんながどっと笑《わら》った。

「よし、静香《しずか》ちゃんの緊張《きんちょう》を解《と》くためにもさっさと見《み》よう。パイプいす広《ひろ》げて、好《す》きなところに座《すわ》って」

監督《かんとく》が大《おお》きな声《こえ》をだした。

静香《しずか》は心細《こころぼそ》そうに、私《わたし》のとなりに自分《じぶん》のいすをおく。

そして、静香《しずか》のとなりに、すぐさま二谷君《にたにくん》がいすをおき、ひかりは自然《しぜん》にそのとなりに場所《ばしょ》をとり、ひかりとは、かなりはなれてしまった。

静香《しずか》とは逆《ぎゃく》どなりに、龍斗《りゅうと》が座《すわ》ってくれた。

部屋《へや》がまっくらになり、映像《えいぞう》が流《なが》れだした。

12章《しょう》

遠距離《えんきょり》でなくても片思《かたおも》い

どこかのお金持《かねも》ちの家《いえ》で、静香《しずか》はドレスを着《き》て、ピアノをひいている。

あれ、静香《しずか》、ピアノなんかひけたっけ？

けど、メイドやじいやみたいな人《ひと》が目《め》を離《はな》したすきに、静香《しずか》は、ラフなスタイルに着《き》がえ、窓《まど》から脱走《だっそう》する。

静香《しずか》はお金持《かねも》ちのお嬢様《じょうさま》なんだけど、この暮《く》らしにうんざりしているんだ。

役名《やくめい》も静香《しずか》で、みんな「静香《しずか》お嬢様《じょうさま》が消《き》えた」って大騒《おおさわ》ぎだ。

静香《しずか》はクレープや、アイスを食《た》べながら道路《どうろ》を歩《ある》く。

次《つぎ》の瞬間《しゅんかん》、車《くるま》に無理《むり》やりひきずりこまれ、クレープとアイスが道路《どうろ》にべちゃりと落《お》ちる。

そのまま、誘拐《ゆうかい》されちゃうんだけど……。

自分《じぶん》が誘拐《ゆうかい》され、身代金騒《みのしろきんさわ》ぎになっているにもかかわらず、静香《しずか》お嬢様《じょうさま》は3人組《にんぐみ》の犯人《はんにん》に無理難題《むりなんだい》をおしつけ、ふりまわす。

息《いき》をのんだ。スクリーンにうつっている静香《しずか》お嬢様《じょうさま》は、まぎれもなく、今《いま》、となりで心《こころ》細《ぼそ》そうに座《すわ》っている静香《しずか》だ。

映画《えいが》の中《なか》の静香《しずか》は、あ、こういう顔《かお》するよねって時《とき》もあれば、私《わたし》の知《し》らない表情《ひょうじょう》をふと見《み》せる時《とき》もあって。

とにかく、スクリーンの中《なか》の静香《しずか》お嬢様《じょうさま》から目《め》が離《はな》せない。

そして、静香《しずか》お嬢様《じょうさま》が自分《じぶん》の親友《しんゆう》ってところが不思議《ふしぎ》な感《かん》じがして落《お》ちつかない。

静香《しずか》のわがままに、犯人《はんにん》がふりまわされるたび、どっと笑《わら》い声《ごえ》が起《お》きる。

そして、ラスト。静香《しずか》お嬢様《じょうさま》は、すきをついて、犯人《はんにん》たちが受《う》けとった身代金《みのしろきん》のケースをかかえ、アジトから脱出《だっしゅつ》。

けど、途中《とちゅう》、転《ころ》んでどろだらけになってしまう。

なんとか、身代金《みのしろきん》といっしょに、家《いえ》にもどり、「ただいま～おなかすいた～」とどろのついた笑顔《えがお》のアップで10分間《ぷんかん》の映画《えいが》は終《お》わった。

あかりがつくとみんなが拍手《はくしゅ》した。

私《わたし》は、映画《えいが》のことはよく知《し》らない。

けど、これを見《み》て、つまらないって言《い》う人《ひと》はいないんじゃない？

絶対《ぜったい》におもしろいよ！

静香《しずか》は「しごき」って言《い》っていたけど、それは静香《しずか》を輝《かがや》かせるための愛情《あいじょう》だったんじゃない？

「ありがとう！　よかった！　すごくよかったよ！」

二谷君《にたにくん》が立《た》ち上《あ》がり静香《しずか》の両手《りょうて》をにぎった。目《め》から涙《なみだ》があふれている。

「や、やめて！　うち、はずかしい」

静香《しずか》はいやがっていたけど、みんなが2人《ふたり》を感無量《かんむりょう》って顔《かお》でかこみ、もう一度《いちど》大《おお》きな拍《はく》手《しゅ》を送《おく》った。

上映直前《じょうえいちょくぜん》に部屋《へや》に飛《と》びこんできたおじさんも泣《な》いていた。

「あいつ、本当《ほんとう》に生《う》まれかわったかもな」

龍斗《りゅうと》が、ぼそりと口《くち》にした。

私《わたし》もそう思《おも》い、うなずいた。

あれ、ということは、龍斗《りゅうと》に静香《しずか》の魅力《みりょく》、伝《つた》わったってこと？

静香《しずか》、ひょっとしたら、ひょっとするかもよ！


4階《かい》に行《い》くと、会議室《かいぎしつ》があって、かんたんな食事《しょくじ》や飲《の》み物《もの》が準備《じゅんび》されていた。

「それでは、みなさんコップ持《も》ってください。ショートムービー、『クライシスなお嬢様《じょうさま》』みなさんのおかげで完成《かんせい》しました！　かんぱーい」

監督《かんとく》が、缶《かん》ビールを掲《かか》げると私《わたし》たちもジュースのはいった紙《かみ》コップで乾杯《かんぱい》した。

「いやあ、みなさん、本当《ほんとう》に静香《しずか》がお世話《せわ》になりました。ご迷惑《めいわく》ばかりおかけして」

おじさんは、ぺこぺこと関係者《かんけいしゃ》に頭《あたま》をさげてまわる。

「いえいえ、ぼくたちが静香《しずか》ちゃんに助《たす》けられました」

二谷君《にたにくん》が紙《かみ》コップをにぎり、直立不動《ちょくりつふどう》でそういうと、みんながどっと笑《わら》った。

その姿《すがた》は、好《す》きな子《こ》の家《いえ》ででれでれしている男《おとこ》の子《こ》ではなく、脚本家《きゃくほんか》だった。

すると……。

「あ、あの、う、うち」

静香《しずか》がもぞもぞと声《こえ》をだす。

「静香《しずか》ちゃん、主演女優《しゅえんじょゆう》として言《い》いたいことがあったら言《い》っていいんだぞ」

監督《かんとく》が促《うなが》し、みんな静香《しずか》に注目《ちゅうもく》した。

「あ、あの、う、うち、その、だから、その」

静香《しずか》は覚悟《かくご》を決《き》め、すっと背筋《せすじ》を伸《の》ばした。

「今度《こんど》、やる機会《きかい》があったら、もっとちゃんとやります！　あ、別《べつ》に、これもちゃんとやったのかもしれないけど、知《し》らないことが多《おお》すぎて、おたおたするだけだった！　ピアノをひくシーンがあるってまえもって知《し》ってたなら、練習《れんしゅう》もしました。あれはふきかえっていって、手《て》は別《べつ》の人《ひと》なんでしょう？　そういうのは気持《きも》ちわるいです！」

会議室内《かいぎしつない》がしんと静《しず》まった。

いつもの静香《しずか》なら、「完成《かんせい》だ！　うまくいったみたい～」で終《お》わりだ。

けど、今《いま》の静香《しずか》は、うれしさより悔《くや》しさのほうが大《おお》きいんだ。

龍斗《りゅうと》に自分《じぶん》を見《み》てほしいって気持《きも》ちで出演《しゅつえん》したけど、ここにいる大人《おとな》たちにかこまれてしごかれているうちに本気《ほんき》になったんだ。

「す、すみません。こら、あんまり生意気《なまいき》なこと言《い》うな。こういう時《とき》は、みなさん、ありがとうございます、でいいんだ」

おじさんがまた、あわてている。

「チャンスはまたある」

二谷君《にたにくん》が静香《しずか》のそばに歩《ある》きだす。

「この作品《さくひん》が配信《はいしん》されれば、ぼくにも静香《しずか》ちゃんにも次《つぎ》のチャンスが来《く》る。絶対《ぜったい》に！　ぼくは信《しん》じている」

二谷君《にたにくん》が静香《しずか》の目《め》を見《み》て、片手《かたて》でこぶしを作《つく》り、力強《ちからづよ》く語《かた》った。

「ありがとう」

静香《しずか》があっけに取《と》られて、そう口《くち》にすると、大人《おとな》の関係者《かんけいしゃ》が2人《ふたり》を取《と》りかこんで輪《わ》を作《つく》り、大《おお》きく盛《も》りあがった。

「たのもしいぞ二谷官九郎《にたにかんくろう》！」

「この作品《さくひん》はきっと人気《にんき》になるわね！」

ひかりも、その輪《わ》の中《なか》で楽《たの》しそうにはしゃいでいた。

静香《しずか》は結局《けっきょく》、二谷君《にたにくん》と仲《なか》よくなっちゃったんだね。

そりゃ、そうだよね、同《おな》じ目標《もくひょう》につきすすんで、結果《けっか》、よかったんだから。

「二谷《にたに》、かっこいいぞ」

ひかりがのりまきをほおばりながら、笑《わら》いかけると二谷君《にたにくん》は「ひかりのおかげだ」と笑《わら》いかえしていた。

「2人《ふたり》とも大人《おとな》だったら、二次会《じかい》、連《つ》れていってやるんだけどな」

監督《かんとく》の言葉《ことば》に明《あか》るい笑《わら》いが、さらにあふれだす。

ひかりは、誘拐犯役《ゆうかいはんやく》を演《えん》じた、こわそうな俳優《はいゆう》たちとも、「テレビで見《み》たことあります。みなさん、凶悪集団《きょうあくしゅうだん》っていう芸能事務所《げいのうじむしょ》にいるんですよね」って屈託《くったく》なく話《はな》しかけていた。

急《きゅう》にへんなことを思《おも》った。

私《わたし》、なんで、ここにいるんだろう。

なにを期待《きたい》してきたんだろう。

ひかりのたのみごとに協力《きょうりょく》すれば、すこしは近《ちか》づけるかもって、友《とも》だちを超《こ》えられるかもって、いろいろがんばったのに、今《いま》、ひかりは、私《わたし》のことなんか目《め》にはいっていない。

映画《えいが》の完成《かんせい》と二谷君《にたにくん》のことしか頭《あたま》にない。

私《わたし》とひかりは会《あ》える機会《きかい》が少《すく》なくて、今《いま》、やっと同《おな》じ場所《ばしょ》にいることができたのに。

私《わたし》とひかりが同《おな》じ部屋《へや》にいるってだけでも、すごいことなのに。

けど、ひかりは、私《わたし》がここにいることすら忘《わす》れているんだ。

はなれている時《とき》は遠距離《えんきょり》片思《かたおも》いで、こうやって、同《おな》じ部屋《へや》にいても、片思《かたおも》いで。

なんだか、胸《むね》に穴《あな》があいたみたい。

気《き》がつくと、1人《ひとり》で、そっと会議室《かいぎしつ》を抜《ぬ》けだしていた。

13章《しょう》 君《きみ》じゃない人《ひと》と夜《よる》の空《そら》

ビルをでて、顔《かお》をあげると、夜空《よぞら》が広《ひろ》がり、星《ほし》が一《ひと》つだけ見《み》えた。

今《いま》の自分《じぶん》みたい。

駅《えき》にもどろうと、ビルとビルの間《あいだ》の道路《どうろ》を歩《ある》く。

ここを曲《ま》がったら、B《ビー》5っていう地下鉄《ちかてつ》の入《い》り口《ぐち》がでてくるはず。

ところが、地下鉄《ちかてつ》の入《い》り口《ぐち》らしきものはなにもなく、ビルとビルの間《あいだ》にもどっただけ。

え、おかしい。こっち？　あっち？　右《みぎ》だっけ？　それとも左《ひだり》？

歩《ある》いても歩《ある》いても、ビルだらけで、迷路《めいろ》にはまってしまったみたい。

地下鉄《ちかてつ》の入《い》り口《ぐち》にたどりつけない。

昼間《ひるま》のビル街《がい》ってかっこいいけど、夜《よる》だと、こわい。人《ひと》は歩《ある》いているけど、知《し》らない人《ひと》ばかりだし。

「君《きみ》、どこから来《き》たの？」

制服《せいふく》をきたお巡《まわ》りさんが自転車《じてんしゃ》でやってきた。

「このあたり、学校《がっこう》も塾《じゅく》もないし。お母《かあ》さんかお父《とう》さんとはぐれちゃった？」

「あ、あの」

なんて説明《せつめい》すればいいんだろう。お巡《まわ》りさんなんて話《はな》したことないし。

すると、こっちにだれかが走《はし》ってきた。

「未来《みらい》～！」

「龍斗《りゅうと》！」

思《おも》わぬ助《たす》けがやってきて、ほっとする。

「友《とも》だちかな？」

お巡《まわ》りさんの質問《しつもん》に、龍斗《りゅうと》が息《いき》を切《き》らしながら答《こた》えだす。

「そうです、同《おな》じクラスです。この近《ちか》くに映像会社《えいぞうがいしゃ》ありますよね。そこで、試写会《ししゃかい》があって、それにぼくたちのクラスの子《こ》が出演《しゅつえん》しているんですよ。終《お》わったから、今《いま》から2人《ふたり》で帰《かえ》るんですけど、地下鉄《ちかてつ》の入《い》り口《ぐち》ってどこでしたっけ？」

龍斗《りゅうと》のすごくわかりやすい説明《せつめい》にお巡《まわ》りさんは、「こっちだよ、ついてきて」と自転車《じてんしゃ》をおしながら、案内《あんない》してくれた。

やっと大通《おおどお》りにでられ、来《く》るときにでてきた地下鉄《ちかてつ》への入《い》り口《ぐち》があった。

「どうもありがとうございました」

2人《ふたり》でお礼《れい》をいうと「気《き》をつけてね」とお巡《まわ》りさんは自転車《じてんしゃ》にまたがって、去《さ》って行《い》った。

「龍斗《りゅうと》、どうして」

「映画《えいが》はおもしろかったけど、居場所《いばしょ》ないからさ。気《き》づいたら、未来《みらい》もいないし。たぶん、おれと同《おな》じ気持《きも》ちになったのかなって、さがしたんだよ」

おれと同《おな》じ気持《きも》ち。

その言葉《ことば》に、ほんのりと心《こころ》があたたかくなり、自然《しぜん》に、2人《ふたり》で、地下鉄《ちかてつ》のホームにおりて行《い》ってしまった。

地下鉄《ちかてつ》に乗《の》ると、人《ひと》がぎゅうぎゅう詰《づ》めでびっくりした。

龍斗《りゅうと》と2人《ふたり》で、がんばってなんとか乗《の》ったけど、ドアがしまると身動《みうご》きができなくなった。

「事故《じこ》でもあったのかな？」

「いや、これがふつうなんじゃないか？」

「そうなの？　キャー」

次《つぎ》の駅《えき》で反対側《はんたいがわ》のドアから、さらに人《ひと》がのってきて、押《お》しつぶされそうになったとき。

龍斗《りゅうと》が私《わたし》の両側《りょうがわ》に手《て》を置《お》いた。

まるで、自分《じぶん》の体《からだ》でかべをつくって、私《わたし》を守《まも》ってくれているみたいなんだけど。

「龍斗《りゅうと》、つらくない？」

「一応《いちおう》、男子《だんし》だから」

目《め》の前《まえ》にある龍斗《りゅうと》の顔《かお》。はずかしくて、下《した》をむいた。

満員《まんいん》の地下鉄《ちかてつ》から、いつも使《つか》う電車《でんしゃ》に乗《の》り換《か》えると、そっちも混《こ》んでいて、やっと地元《じもと》の駅《えき》についた。

「解放《かいほう》されたな〜。大人《おとな》って大変《たいへん》だな」

「おおげさじゃなく、呼吸困難《こきゅうこんなん》でたおれるかと思《おも》ったよね」

「会社《かいしゃ》に勤《つと》めるって肺活量《はいかつりょう》いるんだな」

龍斗《りゅうと》の冗談《じょうだん》に私《わたし》はあははと笑《わら》った。

2人《ふたり》で家《いえ》にむかって歩《ある》きだすと、へんな気持《きも》ちになってきた。

本当《ほんとう》にこれでよかったのかな？

1人《ひとり》で帰《かえ》るって決《き》めたときはなにも思《おも》わなかったけど、今《いま》さらになって、ひかり、私《わたし》がいなくなったことに気《き》づいているかな？　ってみじめったらしい想像《そうぞう》をしてしまう。

それに、龍斗《りゅうと》と2人《ふたり》ってなると、静香《しずか》の顔《かお》も浮《う》かんできちゃって。

「静香《しずか》、よかったね。本人《ほんにん》はへたくそな姿《すがた》が映《うつ》ってるとか心配《しんぱい》していたけど、それどころか……意外《いがい》な才能《さいのう》でびっくり。スターになっちゃったりしてね」

「かもな」

龍斗《りゅうと》が口笛《くちぶえ》でも吹《ふ》くかのように答《こた》える。

「え、龍斗《りゅうと》もそう思《おも》う？」

思《おも》わず、静香《しずか》は龍斗《りゅうと》に見《み》てもらいたくてがんばったんだよ！　って言《い》いそうになる。

でも、それは、やっぱり、静香《しずか》が自分《じぶん》の口《くち》から言《い》うべきだ。

「じつは、映画《えいが》見《み》ててちょっと寂《さび》しくもなったの。だって、スクリーンにうつっている静《しず》香《か》は静香《しずか》だけど、私《わたし》の知《し》らない静香《しずか》でもあって。自分《じぶん》は静香《しずか》の一番《いちばん》の親友《しんゆう》だって思《おも》っていたのに、そうじゃなかったんだって。二谷君《にたにくん》のほうが静香《しずか》の意外《いがい》な才能《さいのう》をすぐに見抜《みぬ》けたんだって。龍斗《りゅうと》はそういうのなかった？」

私《わたし》は、龍斗《りゅうと》にわかるかもって言《い》ってほしかった。

おれ、静香《しずか》のこと、ちゃんと見《み》ていなかったかもって。

これからは、生《う》まれかわった静香《しずか》に注目《ちゅうもく》しないとなって。

ところが……。

「ぜんぜん」

龍斗《りゅうと》がたんたんと口《くち》にした。

「おれ、初《はじ》めから、静香《しずか》はいいやつだけど、自分《じぶん》とはちがう世界《せかい》のやつだって思《おも》ってる」

駅前《えきまえ》の喧騒《けんそう》がなくなり、住宅街《じゅうたくがい》にはいると、龍斗《りゅうと》と私《わたし》の足音《あしおと》がはっきりと聞《き》こえるようになった。

ちがう世界《せかい》……。それって……。

「まえにも言《い》ったかもしれないけど、子供《こども》って2パターンあるんだよ。どうしようもならないことを考《かんが》えるしかないやつと、どうしようもならないことと縁《えん》のないやつ。おれとあいつはそこがちがう」

龍斗《りゅうと》の言《い》いたいことはよくわかる。

静香《しずか》は、やさしいお父《とう》さんとお母《かあ》さんがいて、みんなに愛《あい》されていて、あまり余計《よけい》なことは考《かんが》えなくていい。

龍斗《りゅうと》は両親《りょうしん》が離婚《りこん》して、お父《とう》さんと2人《ふたり》暮《ぐ》らしで、やっぱりそういうこともあるせいか、つねにまわりのことを考《かんが》えたり、気《き》をつかったりしているからほかの子《こ》より大人《おとな》びている。

けど、なんか、しっくりこない。

だって、よく考《かんが》えたら、私《わたし》とひかりもちがう世界《せかい》なのかもしれない。

「同《おな》じ世界《せかい》の人《ひと》なんているのかな？」

「え？」

龍斗《りゅうと》が足《あし》を止《と》めた。

「みんな、ちがう世界《せかい》で生《い》きているんじゃない？　だからおたがいを知《し》りたいと思《おも》うし」

好《す》きにもなってしまうって言《い》いたかったけど声《こえ》にはならなかった。

龍斗《りゅうと》は私《わたし》の反論《はんろん》にあっけにとられた顔《かお》をした。そのあとふっと笑《わら》う。

「ま、そういう考《かんが》えもあるな」

「ごめん、えらそうなこと言《い》って」

そのあと、へんな間《ま》ができて、龍斗《りゅうと》が言《い》った。

「おれは、未来《みらい》とは同《おな》じ世界《せかい》で生《い》きていると思《おも》ってる」

瞬間《しゅんかん》、体《からだ》が動《うご》かなくなった。

「そんな、まじめな顔《かお》するなよ。じゃ、おれ、こっちだから」

龍斗《りゅうと》はささっと走《はし》りさっていく。

ひかり、いまの、どう思《おも》う？

それとも、ひかりには、ぜんぜん関係《かんけい》ないことなの？

14章《しょう》　ひとりぼっち

翌朝《よくあさ》。

学校《がっこう》にむかう途中《とちゅう》、うしろから私《わたし》を呼《よ》ぶ声《こえ》がした。

すぐに静香《しずか》だってわかったけど、いつもの明《あか》るい声《こえ》ではなかった。

「おはよう、静香《しずか》。昨日《きのう》は、さそってくれてありがとう」

「だったら、なんで、途中《とちゅう》で帰《かえ》ったの」

静香《しずか》の目《め》は明《あき》らかにおこっていた。

「ごめん、なんか、いづらくなっちゃって。ひかりが相手《あいて》にしてくれないからすねちゃったのかも」

冗談《じょうだん》っぽく言《い》ったけど本音《ほんね》だった。

でも、それで帰《かえ》ったって、ずいぶん勝手《かって》だったなと反省《はんせい》もした。

「ひかりが相手《あいて》にしてくれないと、龍斗《りゅうと》と帰《かえ》るんだ。急《きゅう》に2人《ふたり》でいなくなるから、びっくりしたよ」

「え、あ、……」

誤解《ごかい》されている？　約束《やくそく》したかのようにいっしょに帰《かえ》ったと思《おも》われている？

どうしよう、結果《けっか》、2人《ふたり》で帰《かえ》ったわけだけど。

1人《ひとり》で帰《かえ》ったってウソついたほうがいいのかもしれない。

けど、静香《しずか》にウソはつきたくない。

「1人《ひとり》で帰《かえ》るつもりだったの」

「え？」

「龍斗《りゅうと》と帰《かえ》るつもりなんてなかった。1人《ひとり》であのビルをでた。そのあと、龍斗《りゅうと》と会《あ》って」

「そ、それって、龍斗《りゅうと》が勝手《かって》に未来《みらい》を追《お》っかけたってこと……？」

そう言《い》った静香《しずか》の目《め》はゆれていた。正直《しょうじき》に話《はな》したことが、逆《ぎゃく》に傷《きず》つけてしまった。

「そっか、うちはてっきり、2人《ふたり》で帰《かえ》ろう！　みたいなノリだったのかなって？　へ、へえ……？」

「ごめん」

「なんであやまるの？　別《べつ》に、未来《みらい》がだれと帰《かえ》っても未来《みらい》の勝手《かって》だもんね。ただささ、帰《かえ》る時《とき》、チャンスがあったら、龍斗《りゅうと》に見《み》てほしくてがんばったって、伝《つた》えようかなって」

あ……と思《おも》わず小《ちい》さな声《こえ》をだしてしまう。

「足尾銅山《あしおどうざん》のわんぱ君《くん》のこととか、理科室《りかしつ》の前《まえ》でのこととか、ひょっとしたら、もう、うちの気持《きも》ち、うすうすばれてるかもしれない。だったら、そのぐらい言《い》ってもいいかもって」

「ごめん、私《わたし》、気《き》がつかなくて」

「ごめんごめんって言《い》えていいよね。言《い》わせているうちはすごいいやな子《こ》だよね。でもさ、うちは、未来《みらい》だけはうちの龍斗《りゅうと》への気持《きも》ちわかってくれているって思《おも》っていてさ。その未《み》来《らい》に、そうされちゃうと、もう、よくわからないよ」

静香《しずか》が涙《なみだ》をこらえるようにランドセルのベルトをぎゅっとにぎりしめた。

学校《がっこう》にむかう子《こ》たちの元気《げんき》のいい声《こえ》が聞《き》こえてくる。

「ひかりだって、あわててたよ。なんで、未来《みらい》と龍斗《りゅうと》、2人《ふたり》で帰《かえ》っちゃったんだって」

それって、まさか、ひかりに龍斗《りゅうと》とのこと、誤解《ごかい》されたってこと？

静香《しずか》の足《あし》がぴたりと止《と》まった。

「うちはさ、龍斗《りゅうと》から子供《こども》っぽいって思《おも》われてるんだろうけど、だったら、もう、それでいいや！」

静香《しずか》の思《おも》わぬ言葉《ことば》に私《わたし》も足《あし》を止《と》める。

「龍斗《りゅうと》からすると、未来《みらい》みたいな子《こ》が大人《おとな》っぽくて、ひかれるんだろうけど、好《す》きな子《こ》が近《ちか》くにいるのに、あいさつもしないで別《べつ》の男《おとこ》の子《こ》と帰《かえ》るとか、そういうややこしいことをするのが大人《おとな》っぽいなら、うちは、今《いま》のうちでいい。ふりむいてもらえなくても、まじめに人《ひと》を好《す》きでいたい」

心《こころ》のど真《ま》ん中《なか》に矢《や》がささった。

親友《しんゆう》に、一番痛《いちばんいた》いことを言《い》われた気《き》がした。でも、なんか、納得《なっとく》できない。

「私《わたし》だって、まじめに1人《ひとり》の人《ひと》を好《す》きだよ」

5年生《ねんせい》の夏休《なつやす》みに病院《びょういん》でいっしょに花火《はなび》を見《み》た時《とき》から、ひかりのことがどれだけ好《す》きか。

そんなのだれに説明《せつめい》してもわかってもらえない。

「だ、だけど、昨日《きのう》、未来《みらい》がしたことは、そうは見《み》えないの！」

静香《しずか》は走《はし》りだし、先《さき》に学校《がっこう》にむかった。

黙《だま》って帰《かえ》ったことを強《つよ》く後悔《こうかい》した。


その日《ひ》の、朝《あさ》のホームルームで、若林先生《わかばやしせんせい》が言《い》ってしまった。

「今《いま》からすごい発表《はっぴょう》をする！　鈴原静香《すずはらしずか》がショートムービーの主演《しゅえん》をやったんだ。それが昨日完成《きのうかんせい》した！」

先生《せんせい》のその言葉《ことば》に、教室《きょうしつ》が地響《じひび》きを立《た》てるような大騒《おおさわ》ぎになる。

「なに、それ？　鈴原《すずはら》さん、芸能界進出《げいのうかいしんしゅつ》？」

「静香《しずか》が？　ウソだろ？」

静香《しずか》のおじさんは、先生《せんせい》には話《はなし》をしていたみたい。

静香《しずか》は照《て》れくさそうに「そ、そんなすごいことじゃないよー」と笑《わら》っていた。

それからは、休《やす》み時間《じかん》も、掃除《そうじ》の時間《じかん》も、教室移動《きょうしついどう》の時《とき》も、静香《しずか》はみんなにかこまれ、スター扱《あつか》いだった。

配信《はいしん》されるまえから、これだけ大騒《おおさわ》ぎってことは、みんながあの映像《えいぞう》を見《み》てしまったら、私《わたし》は静香《しずか》と話《はな》す機会《きかい》なんてなくなってしまうのかもしれない。

よく考《かんが》えたら、静香《しずか》みたいに明《あか》るい子《こ》と私《わたし》が親友《しんゆう》っていうのがまちがっていたのかも。

そんな卑屈《ひくつ》な気持《きも》ちで、1人《ひとり》で学校《がっこう》から帰《かえ》ると、関節《かんせつ》が痛《いた》みだし、熱《ねつ》っぽいことにきづいた。

でた、久々《ひさびさ》の発熱《はつねつ》。私《わたし》の持病《じびょう》は、ほんとに面倒《めんどう》くさい。

もう治《なお》ったと思《おも》ったら、こうやってひょっこり顔《かお》をだしてくる。

病気《びょうき》は現《あらわ》れなくていいから、ひかりに会《あ》いにきてほしい。

かすかな期待《きたい》を胸《むね》にポストをのぞいたけど、なにもはいっていなかった。

ふてくされるように、家《いえ》にはいり、1人《ひとり》でベッドにもぐりこむ。

静《しず》かだ。なんの音《おと》も聞《き》こえてこない。地球上《ちきゅうじょう》に自分《じぶん》1人《ひとり》しかいないみたい。

目《め》をとじ、うとうとと眠《ねむ》りに落《お》ちていった。

「未来《みらい》、未来《みらい》、起《お》きられる？」

だれかに、肩《かた》をぽんぽんとたたかれはっと目《め》を開《あ》けた。

目《め》の前《まえ》にお母《かあ》さんがいた。日《ひ》が暮《く》れていて、部屋全体《へやぜんたい》が暗《くら》い。

お母《かあ》さんが私《わたし》のひたいに手《て》を当《あ》てた。

「熱《ねつ》、下《さ》がったみたいね。今《いま》ね、電話《でんわ》かかってきているの。大木《おおき》ひかり君《くん》から」

その名前《なまえ》に、はっきりと目《め》が覚《さ》める。

「お母《かあ》さん、1時間《じかん》まえに帰《かえ》ってきたんだけど、そのときも、ひかり君《くん》から電話《でんわ》あったの。未来《みらい》の体《からだ》さわったら、少《すこ》し熱《あつ》かったから、しばらくしたら、またかけてって言《い》ったんだけど。今《いま》ならでられるでしょ？」

なんて答《こた》えていいかわからなかった。

今《いま》すぐ、ひかりと話《はな》したい。

けど、ひかりと話《はな》したいって思《おも》う自分《じぶん》が悔《くや》しくなってきた。

「いないって言《い》って」

「いない？　未来《みらい》、ここにいるじゃない」

「そういうことじゃなくて……まだ、寝《ね》てるって言《い》って」

お母《かあ》さんが一瞬《いっしゅん》、黙《だま》りこんだあと、確認《かくにん》してきた。

「本当《ほんとう》に、それでいいの？」

「うん」

ベッドの中《なか》でしっかりとうなずくと、お母《かあ》さんは階段《かいだん》をおりていった。

そして、しばらくすると、またやって来《き》た。

「ひかり君《くん》、そんなに悪《わる》いんですか？　って心配《しんぱい》してたわよ」

ひかり、心配《しんぱい》してくれてたんだ。なのに、私《わたし》は電話《でんわ》にはでなかった。

自分《じぶん》で決《き》めたことなのに、なんで、心《こころ》の中《なか》がぐちゃぐちゃと騒《さわ》ぎだすんだろう。

「けんかしたの、ひかり君《くん》と？」

けんかだったらまだいい。

勝手《かって》に1人《ひとり》でいじけて帰《かえ》ってしまったなんて、だれにも話《はな》したくない。

「暗《くら》いわね。電気《でんき》つけるわよ」

「つけないで！」

「え？」

「もう少《すこ》し寝《ね》ていたい」

毛布《もうふ》を頭《あたま》までかぶると、お母《かあ》さんの小《ちい》さなため息《いき》が聞《き》こえた。

「未来《みらい》、ひょっとして、お母《かあ》さんがひかり君《くん》のお父《とう》さんの名前《なまえ》とか聞《き》いたことひっかかってる？」

その質問《しつもん》に、心臓《しんぞう》がびくんと縮《ちぢ》み上《あ》がる。

「もし、お母《かあ》さんの聞《き》いたことや言《い》ったことで変《へん》な不安《ふあん》を持《も》たせちゃったのなら、ごめん。あやまるわ。でも、学校《がっこう》がちがう子《こ》と文通《ぶんつう》するってすてきなことなのね。今《いま》まで、たくさんの手紙《てがみ》を通《とお》して、心《こころ》のやりとりをしてきたんでしょ？　そういう友《とも》だちはかんたんには作《つく》れないだろうし、……大切《たいせつ》にしたほうがいいんじゃないかしら……」

毛布《もうふ》をかぶったままなので、お母《かあ》さんの顔《かお》は見《み》えない。声《こえ》しか聞《き》こえない。

だからこそ、気《き》づいてしまえることがある。

お母《かあ》さん、どこか、自分《じぶん》に言《い》い聞《き》かせるように話《はな》していない？

未来《みらい》にとって、ひかり君《くん》は、ひかり君《くん》との文通《ぶんつう》は大切《たいせつ》なんだって。

お母《かあ》さんは、私《わたし》ではなく、自分《じぶん》を説得《せっとく》しようとしている？

あれ……たくさんの手紙《てがみ》、心《こころ》のやりとりって……。

やっぱり、お母《かあ》さん、ひかりとの手紙《てがみ》、ぜんぶ、読《よ》んだんだ。

そうじゃないと、心《こころ》のやりとりなんて言葉《ことば》、でてくるはずがない！　ひどい！

勝手《かって》に心《こころ》があばれだし、思《おも》わず口《くち》にしてしまった。

「ひかりのお父《とう》さん、大木大《おおきだい》っていうんだって、習字《しゅうじ》のはらいの練習《れんしゅう》みたいな名前《なまえ》だよね」

すると、部屋《へや》がしんと静《しず》まった。

え……お母《かあ》さん、なんでなにも言《い》わないの？

これって、どういうことなの？

重苦《おもくる》しい数秒間《すうびょうかん》が経《た》つと、やっと声《こえ》が聞《き》こえてきた。

「夕飯作《ゆうはんつく》るから、おなかすいたら食《た》べにおりてきなさい」

お母《かあ》さんが部屋《へや》をでていく足音《あしおと》が聞《き》こえた。

こわい、お母《かあ》さんがなにかをかくしているのがこわくてたまらない。

ひかりに会《あ》いたい！　毛布《もうふ》の中《なか》で、さっき電話《でんわ》にでなかったことを強《つよ》く後悔《こうかい》した。

静香《しずか》とも、けんかしちゃったし。本当《ほんとう》に地球上《ちきゅうじょう》で1人《ひとり》ぼっちになりそうだよ。

15章《しょう》 ぼくはあきらめない

翌日《よくじつ》は学校《がっこう》を休《やす》んだ。

すごく楽《たの》しいことがある日《ひ》だったら、無理《むり》して行《い》っちゃうんだけど、そんな気分《きぶん》にはなれない。

午前中《ごぜんちゅう》はベッドでごろごろして、お昼《ひる》を食《た》べて午後《ごご》になると、することがなくなって退屈《たいくつ》で寂《さび》しくてたまらなくなってきた。

いつもだったら、放課後《ほうかご》、静香《しずか》が来《き》てくれるかもって期待《きたい》があるけど、それはもうない。

1時《じ》、2時《じ》、3時《じ》と時間《じかん》はどんよりと過《す》ぎていく。

ある考《かんが》えが頭《あたま》をよぎった。

お母《かあ》さんの机《つくえ》の中《なか》ってなにがあるんだろう。

だって、お母《かあ》さんは私《わたし》の机《つくえ》の中《なか》を勝手《かって》にあけて、ひかりからの手紙《てがみ》を読《よ》んだのだから、私《わたし》だって、お母《かあ》さんのヒミツをなにか知《し》ってもいいんじゃない？

すると、なにかに導《みちび》かれるように、ベッドから起《お》き、お母《かあ》さんの部屋《へや》にはいってしまった。

机《つくえ》のまえに立《た》つと、ある人《ひと》と目《め》が合《あ》った。

それは写真立《しゃしんた》ての中《なか》のお父《とう》さん。

写真《しゃしん》のお父《とう》さんは1人《ひとり》でうつっていて、やさしそうだけど、ちょっとたよりなさそう。

私《わたし》は、この写真《しゃしん》を見《み》るたびに思《おも》う。

お母《かあ》さん、このお父《とう》さんにいつも話《はな》しかけているんだろうなって。

机《つくえ》の上《うえ》で仕事《しごと》しながらとか、着《き》がえて仕事《しごと》に行《い》く時《とき》とか、絶対《ぜったい》に話《はな》しかけている。

写真立《しゃしんた》ての位置《いち》とか、お父《とう》さんの表情《ひょうじょう》がそれを物語《ものがた》っている。

どうしよう、急《きゅう》に、引《ひ》きだしがあけられなくなってきた。

お母《かあ》さん、ずるいよ、こんなところにお父《とう》さんの写真《しゃしん》、飾《かざ》っておかないでよ。

ピンポーン、玄関《げんかん》のチャイムがなった。

だれ？　まさか、静香《しずか》？

バカ、静香《しずか》はもう来《こ》ないよと、舞《ま》い上《あ》がった自分《じぶん》をふっと笑《わら》う。

じゃあ、だれ？　ほかに来《き》てくれるとしたら……まさか！

その瞬間《しゅんかん》、部屋《へや》をとびだし、階段《かいだん》をかけおりた。

ありえないかもしれないけど、そんな奇跡《きせき》があってもいいんじゃない？

だって、静香《しずか》がいきなり映画《えいが》の主役《しゅやく》になったんだもん。なにが起《お》きてもおかしくない。

玄関《げんかん》のドアをあけると、そこにいるのはひかりじゃなかった。

大《おお》きなクローバー柄《がら》のトレーナーの裾《すそ》をズボンにいれた、丸《まる》メガネの……。

「二谷君《にたにくん》！　どうして」

「あれ、そんなに具合悪《ぐあいわる》そうじゃないね」

メガネの奥《おく》でにっと笑《わら》った。

「じつは渡《わた》したいものがあって」

二谷君《にたにくん》はななめがけバッグから、あるものをとり、私《わたし》に渡《わた》した。

それは、私《わたし》がほしかった修学旅行《しゅうがくりょこう》で撮《と》った写真《しゃしん》。

戦場ヶ原《せんじょうがはら》で、私《わたし》とひかりがならんでいて、そのうしろに静香《しずか》、二谷君《にたにくん》がいる。

「これ、ぼくたちのクラスの担任《たんにん》、岬先生《みさきせんせい》が撮《と》ったやつ。ひかりとぼくは先生《せんせい》からもらえた。静香《しずか》ちゃんには試写会《ししゃかい》で渡《わた》したんだけど、未来《みらい》ちゃんには、ひかりが直接渡《ちょくせつわた》したいって言《い》っていたんだけど……」

ひかり、直接《ちょくせつ》って二《ふた》つの言葉《ことば》に胸《むね》がきゅっと音《おと》を立《た》てる。

「今日《きょう》、うちの学校《がっこう》、短縮授業《たんしゅくじゅぎょう》で、本当《ほんとう》はひかりがここに来《く》るはずだったんだ。でも、未《み》来《らい》ちゃんが勝手《かって》に帰《かえ》ったことを気《き》にしていて、地図《ちず》をかいてもらって、ぼくが代役《だいやく》をひきうけた」

しまった、変《へん》な意地《いじ》を張《は》らないで、昨日電話《きのうでんわ》にでればよかった。

「未来《みらい》ちゃん、正直《しょうじき》に答《こた》えてほしいんだけど」

二谷君《にたにくん》がうつむきながら聞《き》いてきた。

な、なんだろう？　なに聞《き》かれるんだろう？

「藤岡龍斗《ふじおかりゅうと》と付《つ》き合《あ》っているの？」

「え！　ち、ちがう！」

ちょっと、二谷君《にたにくん》にも誤解《ごかい》されているの？

「だって、2人《ふたり》でいっしょに帰《かえ》ったんだろ？」

「そ、それは、偶然《ぐうぜん》なの！　私《わたし》は1人《ひとり》で帰《かえ》ろうとして」

「じゃあ、なんで、1人《ひとり》で勝手《かって》に帰《かえ》ったんだ。ひかりは写真《しゃしん》を渡《わた》し、ぼくもとなりで静香《しずか》ちゃんを説得《せっとく》してくれたお礼《れい》をいうつもりだったのに。理由《りゆう》をおしえてほしい」

二谷君《にたにくん》は真剣《しんけん》だった。

どうしよう、まさか、ひかりが二谷君《にたにくん》のことばかり気《き》にして、寂《さび》しかったからとか言《い》えないし。

答《こた》えに困《こま》ってだまっていると、意外《いがい》なことを言《い》いだした。

「ぼくが、きらいとか？」

「え？」

「ぼく、女《おんな》の子《こ》によく気持《きも》ち悪《わる》いとか、へんなやつって言《い》われるんだ。慣《な》れているから、きらいならきらいって口《くち》にしていいよ」

二谷君《にたにくん》がいじけた顔《かお》で下《した》をむく。

自分《じぶん》でわかっているんだ、この子《こ》！

「そ、そんなことは思《おも》ってないし、私《わたし》が帰《かえ》ったのは、その、女《おんな》の子《こ》のちょっとややこしい問題《もんだい》で」

「ほら、ぼくがきらいってことじゃないか」

「そうじゃなくて」

もう、そのしつこさがきらわれる理由《りゆう》なんじゃない？　って言《い》いたくなっちゃう。

「まあ、いいや。未来《みらい》ちゃんが静香《しずか》ちゃんの親友《しんゆう》でありながら、静香《しずか》ちゃんの想《おも》い人《びと》とつきあっているような子《こ》じゃなくて、安心《あんしん》したよ」

なにそれ？　ずいぶん、ひどい子《こ》だとかんちがいされてない私《わたし》！

え……！　静香《しずか》ちゃんの想《おも》い人《びと》？

想《おも》い人《びと》って好《す》きな人《ひと》って意味《いみ》だよね。と、いうことは……？

「静香《しずか》ちゃんは、あの龍斗《りゅうと》ってやつが好《す》きなんだろ」

おどろきすぎて目《め》があったまま、かたまってしまった。

「未来《みらい》ちゃんが龍斗《りゅうと》と帰《かえ》ったって、みんなが気《き》づいた時《とき》、静香《しずか》ちゃん、すごいショックを受《う》けた顔《かお》をしたんだ。悲《かな》しいぐらい一発《いっぱつ》でわかったよ。静香《しずか》ちゃんは龍斗《りゅうと》を好《す》きなんだって。まあ、女《おんな》の子《こ》はああいうかっこいいのが好《す》きだからね」

二谷君《にたにくん》は寂《さび》しそうに笑《わら》った。

どうしよう、なにか言《い》ってあげたいけど、なにを言《い》えばいいのかわからない。

ひかり、今《いま》の二谷君《にたにくん》にいい言葉《ことば》ない？

あ、二谷君《にたにくん》には映画《えいが》があるじゃないとか？

けど、映画《えいが》の完成《かんせい》と同時《どうじ》に失恋《しつれん》したってことだよね。

だめだ、逆効果《ぎゃくこうか》になりそう。

頭《あたま》の中《なか》でいっしょうけんめい言葉《ことば》をさがしていたとき。

「ぼく、あきらめないよ」

二谷君《にたにくん》に先《さき》に言《い》われてしまった。

「そりゃあ、ぼくは龍斗《りゅうと》に比《くら》べれば、見《み》かけはだいぶおとるさ。けど、それがなんだ。気《き》持《も》ちでは負《ま》けない。勝負《しょうぶ》はまだはじまったばかりだ」

二谷君《にたにくん》のまっすぐな目《め》と熱《あつ》い語《かた》りにあっけに取《と》られてしまった。

二谷君《にたにくん》はさらに言《い》った。

「初恋《はつこい》がいきなり打《う》ち砕《くだ》かれたのもぼくの運命《うんめい》だ。運命《うんめい》とは戦《たたか》うしかないね」

どこかで聞《き》いたようなセリフだった。

あ、静香《しずか》の家《いえ》で言《い》ってなかったっけ？

あのときは、ちょっと、頭《あたま》にきちゃったけど、二谷君《にたにくん》は、普段《ふだん》から、つらいことがあると、自分《じぶん》をはげますために使《つか》っているのかもしれない。

あれは、二谷君《にたにくん》なりの私《わたし》に対《たい》するエールだったのかも。

そこに気《き》づくと、私《わたし》もいい言葉《ことば》が思《おも》いついた。

「二谷君《にたにくん》、私《わたし》が1人《ひとり》で帰《かえ》ったのはね、二谷君《にたにくん》がうらやましかったから」

「へ？」

「私《わたし》、静香《しずか》のことは親友《しんゆう》として自分《じぶん》が一番《いちばん》知《し》っているつもりだった。でも、二谷君《にたにくん》は、一《いち》度《ど》会《あ》っただけで静香《しずか》の意外《いがい》な才能《さいのう》を見抜《みぬ》いちゃったじゃない。だから、ちょっとやいちゃったの」

すると、二谷君《にたにくん》はあっけにとられたあと、「いやあ、そんな〜」と頭《あたま》をかき、体《からだ》をくねくねさせていた。

以前《いぜん》だったら、ひいてしまうような仕草《しぐさ》だったけど、慣《な》れてくるとかわいいかも。

でも、二谷君《にたにくん》にやいたっていうか、うらやましいのは私《わたし》の本音《ほんね》。

私《わたし》も二谷君《にたにくん》ぐらいまっすぐに、行動《こうどう》してみたい。

いじけて1人《ひとり》で帰《かえ》るなら、ひかりに、自分《じぶん》をぶつけたい。

「でも、ぼくこそ未来《みらい》ちゃんには永遠《えいえん》に勝《か》てないかも。静香《しずか》ちゃんが撮影中《さつえいちゅう》にいってたよ。

『うちと未来《みらい》は、どっちかが男《おとこ》だったら、結婚《けっこん》するかも。うち、未来大好《みらいだいす》き』って」

静香《しずか》が、そんなことを？　やめて、泣《な》きそうになっちゃう。

なのに、1人《ひとり》で帰《かえ》っちゃったりして。本当《ほんとう》にバカだった。

「あ、もう一《ひと》つ。ひかり、今度《こんど》の日曜日《にちようび》、練習試合《れんしゅうじあい》なんだ。よかったら、応援《おうえん》に行《い》ってやってよ。じゃあね」

二谷君《にたにくん》は、そう言《い》って、ドアをあけて、帰《かえ》ってしまった。

え、ちょっと待《ま》って。それって、私《わたし》からひかりに会《あ》いにいけってこと……？

16章《しょう》　それは涙《なみだ》ではじまった

日曜日《にちようび》。

ひかりが試合《しあい》をするサッカーグラウンドに行《い》くためにバスを待《ま》っていた。

ひかりに会《あ》うまえに、私《わたし》はこのバス停《てい》でバス以外《いがい》にある人《ひと》を待《ま》っている。

昨日《きのう》の夜《よる》、電話《でんわ》したら、おふろにはいってるというので、おばさんに伝言《でんごん》をお願《ねが》いした。

でも、伝言《でんごん》でほっとしたかもしれない。直接話《ちょくせつはな》すにはまだ、気《き》まずい。

静香《しずか》、来《く》るかな、来《こ》ないかな。

とうとうバスが来《き》てしまった。どうする？　もう一本《いっぽん》待《ま》つ？

でも、やっぱり、静香《しずか》、まだ、おこっていて来《こ》ないかもしれない。

バスが止《と》まり、あきらめて乗《の》りこもうとした時《とき》。

朝《あさ》ごはんのロールパンをかじりながら、必死《ひっし》な顔《かお》で走《はし》ってくる静香《しずか》が見《み》えた。

その姿《すがた》はスターになりかけの静香《しずか》じゃなく、まぎれもない親友《しんゆう》・静香《しずか》だった。

私《わたし》は、息《いき》をきらした静香《しずか》とバスに乗《の》った。

「ありがとう、来《き》てくれて」

「今日《きょう》は、未来《みらい》のおもりだ、しかたない」

静香《しずか》がパンを飲《の》みこみながら、吊《つ》り革《かわ》につかまった。

私《わたし》もつかまると、バスが動《うご》きだし、不思議《ふしぎ》な気持《きも》ちになっていく。

「なに、未来《みらい》、にやにやしちゃって。まあ、ひかりに会《あ》えるんだもんね」

「え、ちがうよ、そうじゃなくて、」

「え？」

「だって、けんかしたのに、こうやっていっしょのバスに乗《の》っているから」

静香《しずか》はうっとパンををつまらせた。

私《わたし》が背中《せなか》をたたくとなんとか飲《の》みこみ、照《て》れくさそうにこう言《い》ってきた。

「ご、ごめんね。未来《みらい》は大《おお》まじめだってうちが一番《いちばん》知《し》っているのに」

「こっちこそ、ごめん」

「二谷官九郎《にたにかんくろう》っぽく言《い》えばさ、けんかしようが、とっくみあいをしようが、いっしょにいるのが未来《みらい》と静香《しずか》の運命《うんめい》だよ」

すると、おたがい目《め》があい、くすっと笑《わら》いあった。


2人《ふたり》でバスをおりると太陽《たいよう》がまぶしかった。

ひかりが試合《しあい》をするグラウンドはすごく大《おお》きな公園《こうえん》の中《なか》にある。

小学生《しょうがくせい》が練習試合《れんしゅうじあい》をするようなところだから、決《けっ》して立派《りっぱ》ではない。

以前《いぜん》、龍斗《りゅうと》のチームとひかりのチームが試合《しあい》をした時《とき》もここで、私《わたし》と静香《しずか》は応援《おうえん》に来《き》たこともある。

2人《ふたり》で公園《こうえん》の真《ま》ん中《なか》の砂利道《じゃりみち》を進《すす》んでいくと、ベンチが目《め》にはいった。

ここで、ひかりとならんで座《すわ》ったことがあるんだ。

それを思《おも》いだすと胸《むね》の奥《おく》がふわりとあたたかくなってくる。

あの時《とき》の三日月《みかづき》のネックレス。今日《きょう》もつけてみたんだ。

「未来《みらい》、また、にやにやして、1人《ひとり》の世界《せかい》にひたっている！　みなさん、あぶない子《こ》がここにいますよ〜」

「そ、そんなことないよ！」

いつものようにじゃれあって、グラウンドにむかうと、ひかりがキャプテンをつとめるファイターズと相手《あいて》チームがウォーミングアップをしていた。

ひかりはキャプテンとして、チームメイトに指示《しじ》しながら、パス練習《れんしゅう》、シュート練習《れんしゅう》と進《すす》めていく。

静香《しずか》がためいきをついた。

「最近《さいきん》のひかりはうちからすると、二谷君《にたにくん》のおともでしかなかったから、別人《べつじん》に見《み》えるよ」

私《わたし》も同《おな》じことを感《かん》じていた。

ひかり、コートの中《なか》だと、大人《おとな》っぽく見《み》える。普段《ふだん》は、出会《であ》ったころのままだけど、選手《せんしゅ》として、キャプテンとして、どんどんたくましくなっていって、こうやって遠《とお》くから見《み》ているだけで、胸《むね》が熱《あつ》くなってくるよ。

「あ、いま、後輩《こうはい》に指示《しじ》しながら、ちょっと、こっち見《み》た！　未来《みらい》に気《き》づいた！」

「ほかの人《ひと》もいるんだから、しーっ」

人差《ひとさ》し指《ゆび》を口《くち》に当《あ》てながら、ほかの人《ひと》の視線《しせん》を気《き》にする。

今日《きょう》は、子供《こども》はほとんどいなくて、選手《せんしゅ》の両親《りょうしん》が多《おお》いようだ。

ベンチは、大人《おとな》がとっちゃったから、静香《しずか》と立《た》って見《み》てるしかなさそう。

ウォーミングアップが終《お》わると、タオルで汗《あせ》をふきながら、ひかりがこっちにやってきた。

「未来《みらい》、来《き》てくれたんだ」

「うん、二谷君《にたにくん》から、写真《しゃしん》受《う》け取《と》った」

ひかりはどこか気《き》まずそうだった。いや、私《わたし》がそうなのかもしれない。

「静香《しずか》も来《き》てくれてありがとう」

ひかりが、気《き》まずさをごまかすように静香《しずか》に顔《かお》をむけると、「うち、飲《の》み物《もの》買《か》ってくる！」と、私《わたし》にウインクして、その場《ば》をささっと去《さ》ってしまった。

静香《しずか》の行動《こうどう》の素早《すばや》さに、私《わたし》もひかりもあっけにとられてしまう。

ひかりが、走《はし》っていく静香《しずか》の背中《せなか》を見《み》ながら「映画《えいが》の主役《しゅやく》には見《み》えねえな」と笑《わら》うと、私《わたし》は肩《かた》の力《ちから》がぬけ、自然《しぜん》に言《い》えた。

「勝手《かって》に帰《かえ》って、ごめんね」

ふわりと、風《かぜ》がふき、おたがいの髪《かみ》がかすかになびいた。

「あ、いや。おれ、二谷《にたに》のことばかりで。よく考《かんが》えたら、未来《みらい》には初《はじ》めての場所《ばしょ》だったんだよな。映画《えいが》にもすごい協力《きょうりょく》してくれたのに。そういうことを大人《おとな》のスタッフに話《はな》してもよかったんだ」

ひかりはいっしょうけんめい汗《あせ》をふいていた。

その姿《すがた》がかわいらしくて、私《わたし》はどんどん自然《しぜん》になれた。

「私《わたし》、ひねくれちゃったの。いっしょうけんめい協力《きょうりょく》したのに、なにやっているんだろうって」

「そ、そっか。そりゃ、ひねくれるよな。龍斗《りゅうと》と帰《かえ》っちゃうよな」

ひかりが私《わたし》から視線《しせん》をそらした。

え……。ひかりにも誤解《ごかい》されている？

それだけは絶対《ぜったい》に困《こま》る！　はっきり言《い》わないと！

「1人《ひとり》で帰《かえ》るつもりだったの。ただ、駅《えき》の近《ちか》くで会《あ》ったから、いっしょに帰《かえ》ったけど。本《ほん》当《とう》に1人《ひとり》で帰《かえ》ろうとしたの！」

ひかりはあぜんと口《くち》を開《あ》けている。

「なんか、おかしいこと言《い》った？」

「いや、すげえ真剣《しんけん》だから、びっくりした」

思《おも》わず、顔《かお》がかっと熱《あつ》くなる。やだ、むきになりすぎた？

急上昇《きゅうじょうしょう》した体温《たいおん》をおさえこむように口《くち》にした。

「あ、あの。ひねくれものだけど、できれば、これからもよろしく」

自分《じぶん》でもなにを言《い》っているのかよくわからなかった。

ひかりもおどろいた顔《かお》をしている。

まずい、失敗《しっぱい》した。もっと、かわいらしいセリフがあったかも。

ところが……。

「お、おれも、一《ひと》つのことで頭《あたま》がいっぱいになるけど、よろしく」

ひかりが軽《かる》く頭《あたま》をさげてくれた。

そして、目《め》が合《あ》う。これって、仲直《なかなお》りってことだよね。どうしよう、ここから先《さき》どうすれば……。友《とも》だちを超《こ》えることは……できる？　できない？

心臓《しんぞう》がマックスに高鳴《たかな》った時《とき》。

「ひかり〜！」

こっちにスーツの上着《うわぎ》を持《も》った大人《おとな》が手《て》をふりながら歩《ある》いてきた。

「あ、父《とう》さん」

ひかりの言葉《ことば》に心臓《しんぞう》がどくんと鳴《な》った。

あれが、ひかりのお父《とう》さん？　それだけで、体《からだ》がしめつけられるぐらい緊張《きんちょう》するのに、うちのお母《かあ》さんの知《し》り合《あ》いでもあるかもしれないって……！

ひかりのお父《とう》さんは一歩《いっぽ》一歩《いっぽ》と近《ちか》づいてきて、あっというまに、私《わたし》とひかりの前《まえ》に立《た》った。ひかりに似《に》ている。ちょっとおなかはでているけど。

「会社《かいしゃ》だったんじゃないの？」

「仕事《しごと》、無理《むり》やり終《お》わらせて来《き》たんだよ。あれ、新《あたら》しいマネージャーの子《こ》か？」

ひかりのお父《とう》さんが私《わたし》を見《み》た。なにか、しゃべらないと！

「ちがうよ。友《とも》だち。応援《おうえん》に来《き》てくれたんだ」

友《とも》だちという言葉《ことば》が小《ちい》さくひっかかった。

「クラスの女《おんな》の子《こ》がわざわざ応援《おうえん》にきてくれたのか。これは勝《か》たないとなあ」

ひかりのお父《とう》さんは楽《たの》しそうに笑《わら》っている。

ひかりが「あ、いや、同《おな》じクラスじゃ……」と私《わたし》の紹介《しょうかい》に困《こま》っていた。

ちゃんと自分《じぶん》から言《い》わないとだめだと決心《けっしん》した。

「ま、前田未来《まえだみらい》です。ひかり君《くん》とはちがう学校《がっこう》です」

がんばってそれだけ口《くち》にしてみた。

「あ、学校《がっこう》がちがうの。前田未来《まえだみらい》さんか、前《まえ》むきないい名前《なまえ》だね」

おじさんがあらためて私《わたし》の顔《かお》を見《み》なおすと、一瞬《いっしゅん》、表情《ひょうじょう》が止《と》まった。

「あの、私《わたし》の顔《かお》、なにかついていますか？」

「あ、いや、ちょっと似《に》ているかなって」

え……？　すると、ひかりがいきなり言《い》ってしまった。

「父《とう》さんが折《お》っていた人《ひと》の娘《むすめ》だよ」

「折《お》っていた？」

「リビングに会《あ》った健康雑誌《けんこうざっし》のインタビュー。あれ、未来《みらい》のお母《かあ》さん」

おじさんの表情《ひょうじょう》が完全《かんぜん》にかわる。

まるで、雷《かみなり》に打《う》たれたように立《た》ちつくしていた。

そして、おじさんの口《くち》がゆっくりと動《うご》いていった。

「じゃあ、あの時《とき》の……」

立《た》ちつくしたまま私《わたし》を見《み》つめているおじさんの片《かた》ほほに、すっとなにかが流《なが》れ落《お》ちていく。

涙《なみだ》だった。思《おも》わず息《いき》をのむ。

それがなにを意味《いみ》するのか、私《わたし》にもひかりにもまったくわからなかった。

私《わたし》とひかりを引《ひ》き裂《さ》く涙《なみだ》なのか、それとも……。

「運命《うんめい》とは戦《たたか》うしかない」二谷君《にたにくん》の言葉《ことば》がなぜか思《おも》いだされた。

第《だい》7巻《かん》につづく

あとがき

『たったひとつの君《きみ》との約束《やくそく》～好《す》きな人《ひと》には、好《す》きな人《ひと》がいて～』を読《よ》んでくれてありがとう。

今回《こんかい》は静香《しずか》が意外《いがい》な世界《せかい》にひっぱりだされたけど、どうだった？

静香《しずか》は将来《しょうらい》どうなっちゃうんだろう？　書《か》いていてすごく楽《たの》しみです。

そういえば、私《わたし》が小学生《しょうがくせい》のころは、「将来《しょうらい》の自分《じぶん》」について作文《さくぶん》を書《か》かされたり、発表《はっぴょう》したりする授業《じゅぎょう》があったんだけど、今《いま》もあるのかな？

私《わたし》は、子供《こども》のころ、そういう授業《じゅぎょう》がすごくいやだった～！

だって、背《せ》は伸《の》びないし、病気《びょうき》で欠席《けっせき》ばかりだったし、特技《とくぎ》もなにもなくて。

働《はたら》いている自分《じぶん》とか想像《そうぞう》もできなかったもん。

でも、もし、タイムマシンがあったら、あのころの自分《じぶん》に「職業《しょくぎょう》を書《か》くんじゃなくて、優《やさ》しい大人《おとな》になりたいとか、整理整頓《せいりせいとん》のできる大人《おとな》になる、とかでもいいんじゃない？」って言《い》ってあげたい。

大人《おとな》になる＝《イコール》どういう仕事《しごと》に就《つ》く？　ばかりに頭《あたま》がいっちゃう子《こ》もいるかもしれないけど、どんな仕事《しごと》に就《つ》くかより、どんな人《ひと》になるかのほうが、ずっと大切《たいせつ》かもよ。

私《わたし》は落《お》ち込《こ》んでいる人《ひと》をはげませる人《ひと》になりたいっていう目標《もくひょう》があるんだけど、未来《みらい》ちゃんといっしょで、いざっていう時《とき》に、いつもいい言葉《ことば》がうかんでこないの！

フェアリー、どうしよう～、あ、本《ほん》が違《ちが》うか（笑《わらい》）

さて、次《つぎ》はクリスマスのお話《はなし》です。

聖夜《せいや》の力《ちから》で、すごい展開《てんかい》になっちゃうかも？

ひかりパパの涙《なみだ》の意味《いみ》は？

お楽《たの》しみに！

みずのまい

※みずのまい先生《せんせい》へのお手紙《てがみ》は、こちらに送《おく》ってください。
〒１０１－８０５０　東京都千代田区一ツ橋《とうきょうとちよだくひとつばし》２－５－10
集英社《しゅうえいしゃ》みらい文庫編集部《ぶんこへんしゅうぶ》　みずのまい先生係《せんせいがかり》

たったひとつの
君との約束6』
あとがき！
ひかりくんの
思いっきり笑った顔
が描きたくなったので！
読んでくれるみなさま、私にも
お手紙を下さりありがとう
ございます♡
U35（うみこ）

集英社みらい文庫

たったひとつの
君《きみ》との約束《やくそく》
～好《す》きな人《ひと》には、好《す》きな人《ひと》がいて～

みずのまい 作

U35(うみこ) 絵

ファンレターのあて先
〒101-8050 東京都千代田区一ツ橋2-5-10 集英社みらい文庫編集部
いただいたお便りは編集部から先生におわたしいたします。

2018年 6 月27日 第1刷発行

発行者 北畠輝幸
発行所 株式会社 集英社
〒101-8050 東京都千代田区一ツ橋2-5-10
電話 編集部 03-3230-6246
読者係 03-3230-6080
販売部 03-3230-6393 (書店専用)
http://miraibunko.jp
装丁 中島由佳理
印刷 図書印刷株式会社 凸版印刷株式会社
製本 図書印刷株式会社

★この作品はフィクションです。実在の人物・団体・事件などにはいっさい関係ありません。
ISBN978-4-08-321442-4 C8293 N.D.C.913 188P 18cm
©Mizuno Mai Umiko 2018 Printed in Japan

定価はカバーに表示してあります。造本には十分注意しておりますが、乱丁、落丁(ページ順序の間違いや抜け落ち)の場合は、送料小社負担にてお取替えいたします。購入書店を明記の上、集英社読者係宛にお送りください。但し、古書店で購入したものについてはお取替えできません。
本書の一部、あるいは全部を無断で複写(コピー)、複製することは、法律で認められた場合を除き、著作権の侵害となります。また、業者など、読者本人以外による本書のデジタル化は、いかなる場合でも一切認められませんのでご注意ください。

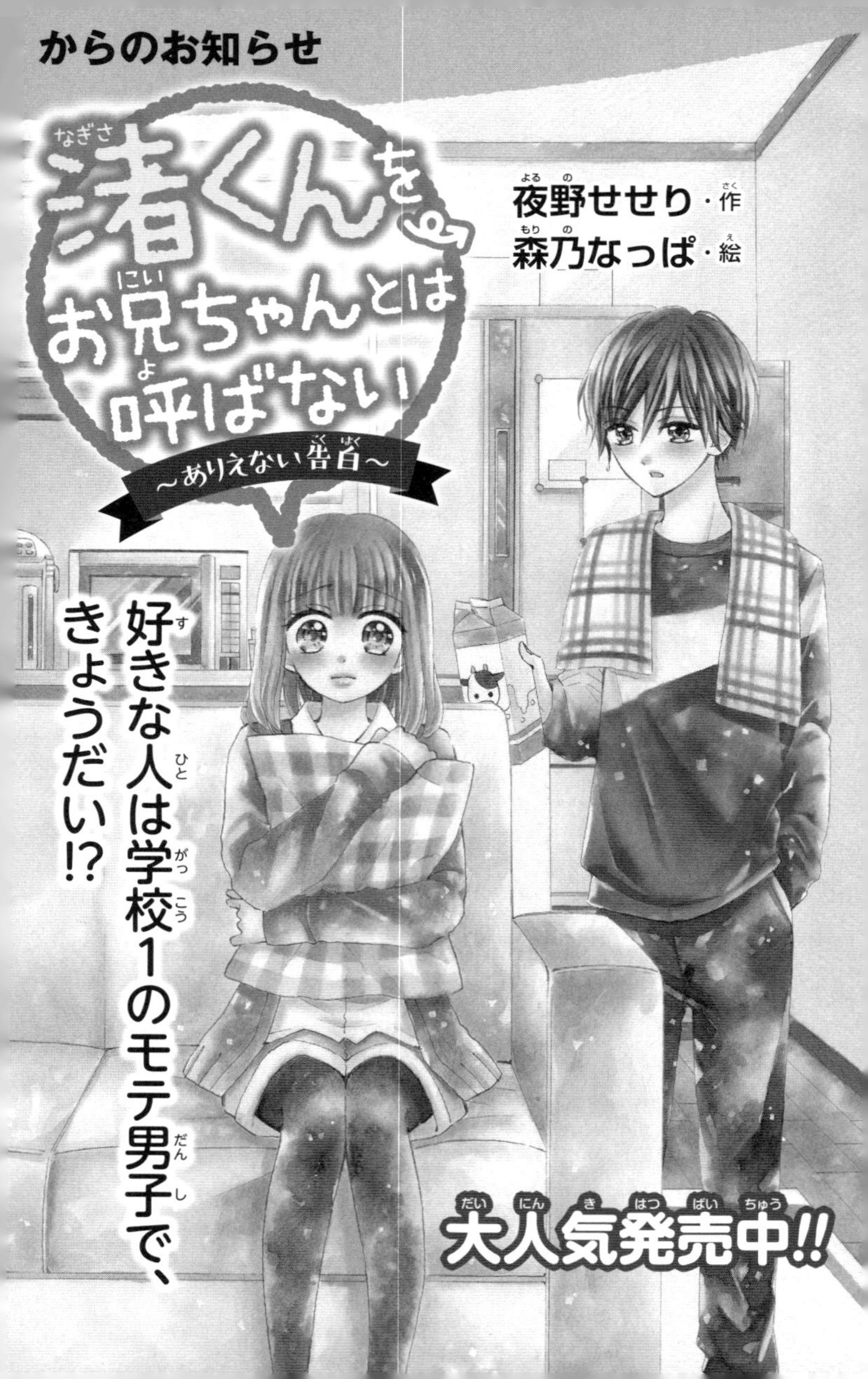

からのお知らせ
渚《なぎさ》くんをお兄《にい》ちゃんとは呼《よ》ばない
～ありえない告白《こくはく》～
夜《よる》野《の》せせり・作《さく》
森《もり》乃《の》なっぱ・絵《え》
好《す》きな人《ひと》は学校《がっこう》1のモテ男子《だんし》で、
きょうだい!?
大《だい》人《にん》気《き》発《はつ》売《ばい》中《ちゅう》!!

集英社みらい文庫

パパの再婚《さいこん》で、あたし・鳴沢千歌《なるさわちか》
（まんが好《ず》きの地味女子《じみじょし》）は
モテ男子《だんし》・高坂渚《こうさかなぎさ》ときょうだいに
なってしまった!!　イジワルだけど
やさしいところもある渚《なぎさ》くんを、

あたしは好《す》きになってしまったの。
そんなある日《ひ》、
あたしはまんが部《ぶ》の原口先輩《はらぐちせんぱい》から
“ワケアリ”の告白《こくはく》を
されてしまって!?

第《だい》1巻《かん》
『渚《なぎさ》くんをお兄《にい》ちゃんとは呼《よ》ばない～ひみつの片思《かたおも》い～』

第《だい》3巻《かん》
『渚《なぎさ》くんをお兄《にい》ちゃんとは呼《よ》ばない～やきもちと言《い》えなくて～』

2018年《ねん》
7月《がつ》20日《か》(金《きん》)発売予定《はつばいよてい》

「みらい文庫《ぶんこ》」読者《どくしゃ》のみなさんへ

言葉《ことば》を学《まな》ぶ、感性《かんせい》を磨《みが》く、創造力《そうぞうりょく》を育《はぐく》む……、読書《どくしょ》は「人間力《にんげんりょく》」を高《たか》めるために欠《か》かせません。
たった一枚《いちまい》のページをめくる向《む》こう側《がわ》に、未知《みち》の世界《せかい》、ドキドキのみらいが無限《むげん》に広《ひろ》がっている。
これこそが「本《ほん》」だけが持《も》っているパワーです。

学校《がっこう》の朝《あさ》の読書《どくしょ》に、休《やす》み時間《じかん》に、放課後《ほうかご》に……。いつでも、どこでも、すぐに続《つづ》きを読《よ》みたくなるような、魅力《みりょく》に溢《あふ》れる本《ほん》をたくさん揃《そろ》えていきたい。読書《どくしょ》がくれる、心《こころ》がきらきらしたり胸《むね》がきゅんとする瞬間《しゅんかん》を体験《たいけん》してほしい、楽《たの》しんでほしい。みらいの日本《にほん》、そして世界《せかい》を担《にな》うみなさんが、やがて大人《おとな》になった時《とき》、「読書《どくしょ》の魅力《みりょく》を初《はじ》めて知《し》った本《ほん》」「自分《じぶん》のおこづかいで初《はじ》めて買《か》った一冊《いっさつ》」と思《おも》い出《だ》してくれるような作品《さくひん》を一所懸命《いっしょけんめい》、大切《たいせつ》に創《つく》っていきたい。

そんないっぱいの想《おも》いを込《こ》めながら、作家《さっか》の先生方《せんせいがた》と一緒《いっしょ》に、私《わたし》たちは素敵《すてき》な本作《ほんづく》りを続《つづ》けていきます。「みらい文庫《ぶんこ》」は、無限《むげん》の宇宙《うちゅう》に浮《う》かぶ星《ほし》のように、夢《ゆめ》をたたえ輝《かがや》きながら、次々《つぎつぎ》と新《あたら》しく生《う》まれ続《つづ》けます。

本《ほん》を持《も》つ、その手《て》の中《なか》に、ドキドキするみらい――。

本《ほん》の宇宙《うちゅう》から、自分《じぶん》だけの健《すこ》やかな空想力《くうそうりょく》を育《そだ》て、〝みらいの星《ほし》〟をたくさん見《み》つけてください。

そして、大切《たいせつ》なこと、大切《たいせつ》な人《ひと》をきちんと守《まも》る、強《つよ》くて、やさしい大人《おとな》になってくれることを心《こころ》から願《ねが》っています。

2011年《ねん》 春《はる》

集英社《しゅうえいしゃ》みらい文庫編集部《ぶんこへんしゅうぶ》